Zündel, der Held, Mitte dreißig, verheiratet, spürt in sich wie eine schleichende Infektion das Existenzzernagende des Lebensalltags. Gegen Katastrophen könnte man sich aufbäumen, was aber hilft noch gegen die kleinen und umso dreisteren Alltagsattacken, gegen die abgeklärte Robustheit des Normalen. Als die großen Ferien da sind und ihn nichts mehr hält, entfernt sich Zündel. Der Versuch einer Reise nach Griechenland scheitert, ein erneuter Anlauf bringt ihn bis Genua. Was ihm dort zustößt, ist nur noch für den Leser zum Lachen. Zündel will nicht mehr und geht ab.

»Auf weiten Strecken ist dieser Text durchsetzt mit grotesker Komik und mit einem galligen Humor, der in der Auswahl seiner Zielscheiben nicht wählerisch ist. Trotz der ernsten Thematik ist darum das Buch höchst unterhaltsam zu lesen und provoziert …«
Gunhild Kübler, Neue Zürcher Zeitung

Markus Werner, geboren 1944 in der Schweiz, lebt in Schaffhausen. Seine Bücher wurden in mehrere Sprachen übersetzt und vielfach ausgezeichnet, u.a. mit dem Joseph-Breitbach-Preis (2000) und dem Johann-Peter-Hebel-Preis (2002). Bisher erschienen sind: ›Zündels Abgang‹, ›Froschnacht‹, ›Die kalte Schulter‹, ›Bis Bald‹, ›Festland‹, ›Der ägyptische Heinrich‹ und ›Am Hang‹.

Unsere Adresse im Internet: www.fischerverlage.de

Markus Werner

Zündels Abgang

Roman

FISCHER Taschenbuch

4. Auflage: November 2014

Erschienen bei FISCHER Taschenbuch
Frankfurt am Main, August 2011

Lizenzausgabe mit freundlicher Genehmigung
der S. Fischer Verlag GmbH, Frankfurt am Main

Erstveröffentlichung im Residenz Verlag, Salzburg, Wien
Satz: pagina GmbH, Tübingen
Druck und Bindung: Druckerei C. H. Beck, Nördlingen
Printed in Germany
ISBN 978-3-596-19072-0

Zum Warmwerden lag allem Anschein nach
keine Ursache vor.

Robert Walser

I

Schöne Kindheit im Warenhaus. Abhanden gekommen das einzig Vertraute, untergetaucht in neonhellen Schluchten. Der Kleine, in Tränen aufgelöst und ohne Fassung wimmernd: Mama, Mama. – Wie immer viel Helferwille, Ersatzhände, vom Kinde abgeschüttelt, es rennt umher und schreit. Wird irgendwo hinter bunten Kulissen erhört: Da kommt sie, die Mama, das Kind ihr entgegen mit erhitztem Gesichtlein, verweint, doch erlöst, und sie läßt sich nieder vor ihm, breitet die Arme aus und schlägt zu, links rechts, links rechts, und zischt und schmäht.

Und Zündel? Zündel, ganz in der Nähe, schaut wie die andern zu, sieht jetzt, wie das Kind bleich wird und zu würgen beginnt. O blankes Parkett. Doch Mamas Hände haben sich schon zu einer Schale geformt, groß genug, den violetten Brei zu fassen. Da steht sie, blickt mutlos umher, die Handballen zusammengepreßt, und eine gequält schnuppernde Zeugenschaft dreht die Körper ab. Nun springt Zündel vor, bietet seine leere Plastiktragtasche an. In die hinein platscht stockend das Erbrochene.

Ein Verräter bin ich, ein Gaffer mit Faust im Sack. Windig. Gehandelt hab ich zwar, stimmt, ich regte mich, zu spät und falsch. Ein Nothelfer dieser Mama: Getilgt seien die Spuren ihrer Tat, denn sie stinken zum Himmel. Gott, das hätte jeder getan, das mit der Plastiktüte, ein Reflex! Verdient ein Spontanakt Luchsaugen, du galanter Assistent? Gewiß, immer. Späh doch: Wir schlachten nicht, wir reichen dem Metzger das Handtuch, nachher. Kein Reflex, solange das Beil geschwungen wird. Spitz die Ohren: Was klickt ein, was schnappt ein? Nichts. Warum? Man könnte sich verletzen, heilige Einfalt. Eben, dachte Zündel, kehrte sich auf den Bauch, schämte sich, schlief ein.

Erwachte nach Mitternacht. Schluchzen im Nebenzimmer. Dann eine ruhige Männerstimme. Ende des Schluchzens. Statt dessen: Der Schrank, der neben Zündels Bett an der Wand steht, beginnt zu vibrieren. Zündel denkt: Entweder-Oder. Lauscht widerwillig. – Si si, amore, dai dai dai! trällert die Frau, dann wird es still im Hotel.

Zündel aber war jetzt wach, machte Licht, stand auf und besah sein Gesicht im winzigen Spiegel über dem Lavabo. Ich bin eitel und gefalle mir trotzdem nicht, dachte er. Ich will auch in diesem Raum eine Spur hinterlassen, ein Zeichen setzen, ein verborgenes. Er hängte ein Bild der Jungfrau Maria ab, kehrte es um und schrieb auf die Rückseite: Es ist besser, ein unzufriedener Mensch zu sein als ein zufriedengestelltes Schwein. J.S. Mill 1861.

Das war in Ancona, Italien.

Zwanzig Minuten vor Abfahrt der Fähre von Ancona nach Patras, Griechenland, verlor Zündel seinen Stiftzahn (Erster Schneidezahn oder Schaufel). Er hatte sich in der engen Viererkabine bereits installiert, hatte aus Verlegenheit eben die beiden Männer, die bei seinem Eintritt auf einer der unteren Pritschen saßen, gefragt, woher sie kämen (Where do you come from?), als, noch bevor sie hatten antworten können, sein Zahn aus ihm herausfuhr und zu Boden schlug. Bestürzung, Entsetzen und Scham überfluteten Zündel. – From Bümpliz near Berne in Switzerland, sagten die beiden gleichzeitig, als läge ihm jetzt – angesichts dieser Heimsuchung – noch das geringste an ihrer gründlichen Auskunft. Zwar nickte er anerkennend, obwohl selber nicht etwa Japaner, sondern ebenfalls Schweizer, dachte aber nur: Mit einer Zahnlücke reise ich nicht.

Wenig später schob sich die Fähre mit arroganter Gemächlichkeit ins braune Meer. Zündel stand am Ufer. Er hatte dem zuständigen Schiffspersonal in glaubwürdiger Panik erklärt, er sei kein Passagier, sondern habe nur seine Braut in die Kabine begleitet und dort das Tuten überhört, worauf ein paar Matrosen den Steg eigens für ihn nochmals hatten ausfahren lassen.

So weltfremd bin ich gar nicht. Ich kann lügen. Ich bin tauglich.

Zündel stand am Ufer und dachte: Vielleicht nimmt mein Dasein jetzt einen andern Lauf? Vielleicht wär ich in Griechenland ertrunken? Unter einen Bus gekommen? Vielleicht hätte ich aber auch die Frau meines Lebens getroffen, auf dem Schiff oder im Land der Griechen? Meine Ehe wäre – Gott bewahre – gesprengt worden, eine Existenzwende hätte sich angebahnt und aufgedrängt. Nun aber bleibt alles beim alten.

Fast besitzergreifend zwängt sich Zündels Zungenspitze in die noch fremde, fleischigweiche Schneise. Merkwürdig, wie ein plötzlich fehlender Schneidezahn den Horizont verengt. Und wie er einem Menschen das Gefühl geben kann, Weltmittelpunkt zu sein. Daß nicht jedermann ihn anstiert, fällt ihm zu glauben schwer, und sagte ein Freund ihm jetzt das, was Zündel sich selbst einredet: nämlich, es gebe auf Erden wichtigeres Elend, so würde er antworten: Arschloch.

Wirklich, der Intakte hat gut Sprüche klopfen. Sobald ihm die Haare ausfallen, pfeift auch er vorübergehend auf den Hunger in der Dritten Welt. Sobald ein Furunkel an seiner Wange wuchert, ist der ihm einstweilen näher als die Arbeiterklasse. – Wie war das damals mit Albert, der Zündel gegenüber einmal behauptet hatte, sein soziales Gewissen gebiete ihm einfach – ob er wolle oder nicht, ob er gesund sei oder krank –, täglich mindestens *ein* Flugblatt zu verteilen? Am Weihnachtsabend hatte sich Albert zur Freude seiner kleinen Neffen ein Gummiband straff um die Nase gewickelt, so daß diese sehr rot und knollenartig aus dem Gesicht loderte. Vielleicht fünf, höchstens zehn Minuten lang. Am andern Morgen war Alberts Nase ein blaugrüner Bluterguß. Albert blieb für rund vierzehn Tage zu Hause und erklärte seinen Genossen telefonisch, er befinde sich in einer Phase theoretischer Besinnung.

Also.

Aber etwas essen möchte Zündel nun doch. Dann ein Hotel suchen. Dann schlafen. Planen erst morgen.

Du vin rouge ou blanc? fragte der Kellner, obwohl Zündel seine Speisen auf italienisch bestellt hatte. Blanc, sagte er und bekam Roten. Das Fleisch war knorplig.

Hat Zündel in einem Gasthaus je reklamiert? Einen fehlerhaften Wein, ein blutiges Schweinsschnitzel beanstandet oder gar zurückgewiesen? Nie! Vor dreizehn Jahren hatte Zündel in Sardinien – eingeschüchtert durch die familiäre Atmosphäre der Pension – einen von kleinen weißen Maden wimmelnden Schafskäse zur Hälfte aufgegessen. Zwar wurde ihm damals die Problematik anständigen Verhaltens zum ersten Mal bewußt, aber nennenswerte Folgen zeitigte das Erlebnis nicht.

Kellner sind ja arme Teufel. Doch Hotelportiers! Die müßte man in Stücke reißen. Ihre Künste sind ausgereift. Fahr in eine Stadt, in der ein Bekannter wohnt, der dir Nachtquartier zusichert. Abends –

spät, damit die Chance klein ist – geh dort in ein Hotel, frag nach einem Zimmer. Du bekommst es. Du bekommst eines, auch wenn die Stadt vor lauter Messen aus den Nähten platzt. Du bekommst das Zimmer, weil der Kerl an der Rezeption dir anriecht, daß du auf sein Zimmer nicht angewiesen bist. Umgekehrt: Du bist abgespannt, erledigt, zu allen Konzessionen hinsichtlich Zimmerkomfort (nach oben und unten) bereit. Nur nicht mehr lange suchen! Du kommst ins Hotel. Wirst gemustert. Wirst berochen. Wirst abgewiesen. Nicht weil du staubig bist, nicht weil alle Betten belegt wären. Sondern weil der Kerl an der Rezeption dir anriecht, daß du auf Gnade hoffst.

Seltsamerweise dachte Zündel erst nach der fünften Abweisung daran, daß es die Zahnlücke sein könnte, die ihn so gar nicht empfahl. Natürlich. Wie ärmlich das aussieht, wie verlottert, wie schwachsinnig wohl auch.

Jedenfalls ist hier nicht mit Menschlichkeit zu rechnen. Zum Bahnhof, zum Bahnhof.

Im Morgengrauen, kurz vor Mailand, taumelte Zündel verknittert zum WC. Ich bewege mich, der Zug bewegt sich, die Erde bewegt sich, und doch fehlt mir alle Beschwingtheit. Zündel pfiff. Am Sonntag will mein Süßer mit mir segeln gehn. Zündel dachte an seine Frau und an jenen Arzt, den er sich gesichtslos, aber stämmig vorstellte. Magda war Krankenschwester gewesen und er für kurze

Zeit ihr erster Richtiger. Hartmut hieß dieser Typ, und der segelte und sie mit ihm.

Auf dem halbrunden Schiebeschild an der WC-Tür stand: Occupato. Zum Zeichen, daß jemand wartete, drückte Zündel die Klinke. Die Tür ging auf, Zündel erschrak. Die Toilette war leer. Aber auf dem Boden, zwischen Klosett und Papierkorb direkt an der Wand, lag ein Finger. Zündel bückte sich ungläubig. Es war ein Menschenfinger, gelblich, verkrustet mit schwarzem Blut, der Nagel blau. Sofort spürte Zündel, daß er dieser Entdekkung nicht gewachsen war. Als er sich aufrichtete, erblickte er im Papierkorb eine Brieftasche. Er starrte sie an. Dann griff er nach einer Zigarette, gab ihr Feuer und dachte: Keep cool, boy. – Er nahm die Brieftasche aus dem Papierkorb. Es war seine, es war Zündels Brieftasche.

Dann quietschten die Bremsen. Mailand.

Ein Dutzend Fahrgäste stand Schlange im Büro der Mailänder Bahnpolizei. Lauter im Nachtzug Bestohlene. Handtaschen, Brieftaschen, Aktentaschen. Von Finger nichts. Die Frauen schnatterten, die Männer blickten gekränkt. Es waren fast nur ausländische Touristen, Deutsche und Schweizer. Zündel wartete. Mehrmals rief der Herr, der an der Reihe war, dem Beamten seine Personalien zu: Hummelbauer Detlev aus Tauberbischofsheim. – Der Beamte hatte Mühe, diese Angaben zu protokollieren. – Umalbao? fragte er unsicher zurück. – Nein, Hummelbauer, herrgottsakrament! schrie der

Deutsche. Analphabeten und Diebe! – Der Italiener verstand gar nichts, aber Zündel zitterte. Gerade wollte er Herrn Hummelbauer um Anstand bitten (wollte er wirklich?), da sagte einer der Schweizer zu seiner Frau: Emmi, hast du das gehört! Gut gegeben! Der Mann läßt sich nicht auf die Kappe scheißen!

Rasch verließ Zündel den Polizeiposten. Er fand, wenn er nicht den Schneid habe, diese fetten, bösen Menschen zurechtzuweisen, wolle er darauf verzichten, den Diebstahl seiner zweitausend Franken anzuzeigen.

2

Beleuchter stehen im Schatten. Chronisten bleiben blaß. Die farbenfrohe Krawatte des Protokollführers mag Anklang finden, ins Protokoll gehört sie nicht.

Wenn ich – oder eine Spur genauer: wenn ich, Viktor Busch, jetzt vortrete, mich einschalte, so nur, um jenen Menschen, die mit moderner Skepsis fragen, wer denn hier so mancherlei über Zündel wisse, zu erklären: Ich kenne Aufzeichnungen Zündels, ich kenne mündliche Berichte Zündels, und ich kenne (kannte) Konrad Zündel selbst recht gut – bei allen Einschränkungen, die üblich und vielleicht fällig sind, wenn von ›kennen‹ die Rede ist. Ich hatte ihn gern. Dabei verehre (verehrte) ich ihn so wenig wie er sich. Im Gegenteil. Zu oft war und ist meine Haltung Konrads Leben gegenüber die gleiche wie seine eigene, nämlich eine fatal kommentierende.

So bekannt mir also die Quellen sind, so wenig Lust verspüre ich, jeder Aussage von und über Zündel eine Fußnote aufzupfropfen: Dieses fand sich in seinen Notizen, jenes erzählte er mir, dieses weiß ich von Drittpersonen, jenes ahne ich nur. Verpflichtet zu solcher Pedanterie, verlöre ich den Mut, mich meinem Freund zu nähern.

Ein Wort noch zu Zündels ›Notizen‹. Daß er schrieb, wußte ich, und daß er sich dafür schämte, war spürbar. Einmal traute ich mich, ihn zu fragen, was er denn schreibe. Konrad sagte (und jetzt zum Beispiel referiere ich nur sinngemäß, nicht wörtlich): Nichts, nichts, nur ein bißchen privat, nur sozusagen therapeutisch. – Und nach einer Pause sagte er unvermittelt: Weißt du, all diese verstohlenen Schreiber mit ihren schubladisierten A4-Blättern, diese Lehrer vor allem (aber auch undsoweiter), diese Nebenherliteraten, die den Durchschnitt um genau jenen Millimeter überragen, der nötig ist, um die eigne Mittelmäßigkeit wahrzunehmen und an ihr leiden zu können … widerwärtig, jämmerlich!

Zehn Wochen nach Konrads Rückzug – was für ein behelfsmäßiger Ausdruck! – bekam ich ein unförmiges Paket aus Kanada. Es enthielt ein Stück Gips.

Auf dem beigelegten kleinformatigen Halbkarton stand – flattrig hingeworfen, undatiert – der eigentümliche Satz: Für Herrn Pfarrer Busch in meines scheinbar untapferen und verlorenen Kindes Konrad Auftrage (gemäß Rückseite) das Beiliegende. – Hans Fischer, Vancouver. – P. S. Dokumente folgen.

Rückseite (Konrads Handschrift, ebenfalls flattrig):

Vater! Hast mich nie gesehn. Hast Johanna ein Kind gemacht damals in Genua. Bist nordwärts verschwunden. Weißt nicht, daß es graue Augen hat, weißt nichts. Nimm den Gips, nimm die paar Blätter, sind eine dürftige Fährte zum Sohn. Später schick alles dem Pfarrer Busch im scheußlichen Zürich, wohnt Birkenstraße 12 und war mir so gewogen. Muß nun fort, streicht mich aus Listen und Karteien.

In großer Eile Konrad.

3

Es war also Montagmorgen, Zündel hatte noch seinen Paß und in der Gesäßtasche sein Portemonnaie mit Fahrkarte und etwas Geld, und er entschloß sich, heimzufahren und am Dienstag den Zahnarzt aufzusuchen, und stand in einer Telefonkabine und sagte zu seiner Magda: Wie war das bio-energetische Weekend? – Wo bist du denn? fragte Magda. – Mir ist einiges widerfahren, sagte Zündel und fand sich abstoßend. – Was ist los, warum bist du nicht auf dem Schiff? fragte Magda. – Ich bin in Mailand, aber du bist gar nicht lieb, was hast du? – Ich habe geschlafen, sagte Magda. – Wieviel Uhr ist es denn? fragte er. Sie sagte: Neun Uhr. – Entschuldigung, sagte Zündel, ich wollte dir nur sagen, daß ich heute abend heimkomme. – Heute abend? fragte Magda ohne Begeisterung. – Ja, antwortete er trotzig. – Koni, bist du krank? – Ich erzähl dir dann alles, sagte er besänftigt.

Im Bahnhofbuffet merkte er, daß es ihm schlecht ging. Das Telefongespräch hatte ihn geschwächt. – Immer häufiger krümmt sich alles in mir, wenn ich mich reden höre. Ich bin müde. War Magda allein? Pausenlos muß man sich bewähren. Alles ist feindlich, alles, was mir begegnet, überfordert mich. Ausgerechnet mir schickt der Herrgott einen Finger. Mir nimmt man den Zahn. Beizeiten lernt jeder, sich untragbar zu finden. Die Menschheit rekrutiert sich aus ehemaligen Bettnässern, die das Gefühl existentieller Deplaziertheit nie loswerden. Ohne Schließmuskel keine Schwermut. Wie ahnungslos wird hier Kaffee geschlürft.

Für die Bahnfahrt hatte er eine deutsche Zeitung gekauft und sich auf die Lektüre gefreut. Aber schon das Wort ›Maßnahmenpaket‹ nahm ihn fast bis Como in Anspruch. Jenseits der Landesgrenze verweilte er lange bei der Bezeichnung ›Sattelgriff mit Antirutschnoppen‹. Auch darin sah Zündel eine imponierende Gegenposition zu seinem Lebensgestolper.

Bis Göschenen döste er.

Dann las er einen Artikel über Eingeweidewürmer. Hier fand er eine späte Erklärung für die Juckreize, die ihn als Kind, kaum daß er im Bett lag, so häufig zum Kratzen genötigt hatten: Die weiblichen Oxyuren (Madenwürmer) kriechen nämlich nachts ein bißchen heraus und legen ihre Eier vor den Ausgang.

In Arth Goldau stieg ein Fräulein zu. Bis jetzt hatte Zündel das Abteil für sich gehabt. Als die Frau ihre Tasche auf die Gepäckablage stellte, sah er, daß ihre Hose den Markennamen »Let's go« trug. Die Jeans, die er selbst im Moment anhatte, hießen »Happy-Life«. Zündel dachte: Fräulein, unsere Hosen sind geistesverwandt. – Sie aber setzte sich und sagte: Überall wird man angequatscht. – Zündel bekam Gänsehaut. Hatte er laut gedacht? Stand es schon so mit ihm? – Seit Altdorf, erläuterte sie, werde ich von zwei Italienern belästigt, drum hab ich das Abteil gewechselt. – Ach so, sagte er und fügte bei: Ja, es gibt eben allerhand Kostgänger auf der Welt. – Diese Redewendung, die von Zündels Großvater stammte, schien ihr unvertraut, jedenfalls warf sie ihm einen verdutzten Blick zu und vertiefte sich sofort in eine Zeitschrift.

Zündels Sympathie gehörte den beiden unanständigen Italienern. Längst hatte er bemerkt, daß die Frau keinen BH trug und darüber eine nahezu durchsichtige Bluse. Ich sehe solche Dinge zwar nicht ungern, wahrscheinlich sogar gern, dachte er, aber ich hasse sie auch, und wenn ich gesetzgeberische Befugnisse hätte, würde ich vielleicht einen Freizügigkeitsstop anordnen. Heutzutage wird nämlich alles geschützt, nur der Mann nicht. Als müßte er sich nicht schon genug zusammennehmen, sich beherrschen, sich bezwingen! Und jetzt tauchen noch diese Sommermädchen auf und halten das, was uns Männern ein unzumutbares Maß an Selbstkontrolle abverlangt, für natürlich und freiheitlich. – Das alles und noch viel mehr will ich gelegentlich überdenken, nahm Zündel sich vor, schaute bis Zürich aus dem Fenster und ärgerte sich über die schauderhafte Gepflegtheit der Schweiz.

Die Stadt sieht aus, als leckte eine Million Zungen sie unaufhörlich sauber. Schick sind die Leute gekleidet, einige auch mit Sorgfalt schlampig. Breitspurig ist ihr Dialekt, verkrampft und schief ihr Gang, und ich bin ein alter Griesgram, da kommt mein Tram.

4

Im Treppenhaus erst begann sich Zündel auf Magda einzustellen. Nach fünf Jahren Ehe noch Herzklopfen – das soll mir einer nachmachen! Am liebsten wäre mir jetzt ein Lauch-Auflauf, ein wenig enttäuschen würden mich Ravioli. Seltsam, an der eigenen Wohnungstür zu klingeln! Streng genommen demütigend. Vor allem, wenn niemand öffnet. Sicher ist sie unter der Dusche, wo hab ich meinen Schlüssel.

Lieber Konrad, ich vergaß Dir zu sagen, daß ich heute abend Frauengruppe habe. Du mußt nicht aufbleiben. Schlaf gut. M.

Mit dem Zettel in der Hand wanderte Zündel durch die Wohnung. Auf keinem Tisch stand ein Tellerchen für ihn bereit. Nur im hellgrünen Plastiknapf auf dem Küchenboden lagen ein paar Klümpchen Katzenfutter. – Vor einem Jahr noch hätte ich mir in dieser Lage leidgetan, mittlerweile habe ich dazugelernt, dachte er und kämpfte mit den Tränen.

Er aß eine Birne.

Später lag er im Vollbad, aber er sang nicht. Er sprach: Meine Damen und Herren, wer im Vollbad singt, ist ein Klischeemensch. – Dann fixierte er den Boiler und sagte in Magdas Tonfall: Du, Koni, ich glaube, die Befreiung der Frau kommt auch euch zugute! – Sowieso! rief Zündel und ließ schmetternd sein Darmgas ab.

Bevor er schlafen ging, trug er ein paar Worte in Magdas Zimmer und deponierte sie auf ihrem Kopfkissen: Liebe Frau, schon lange macht mir Deine beschleunigte Entwicklung Beine, aber Beine sind noch keine Flügel! Schlaf wohl. Dein K.

Spät und überraschend vergnügt begann das gemeinsame Frühstück. Konrad plauderte über seine Schicksalsschläge, und da Magda Anteil nahm, gelang ihm dann und wann ein abgeklärtes Schmunzeln. – Du mein armes Pechvögelchen, sagte sie. Er stülpte die Oberlippe hoch und lallte: Ich hab dich doch so gern, aber ich werde dir noch die Zähne zeigen. – Da sagte Magda: Ich muß mit dir reden, Konrad.

Magda: Wir haben beschlossen – und du warst so einverstanden wie ich –, diese Sommerferien getrennt zu verbringen. Du selbst hast erklärt, es sei hochgradig neurotisch, wie eng wir seit Jahren aufeinanderhocken. Gut. Du reist ab. Und stehst nach drei Tagen wieder da! Und versuchst mich mit einem Gutenachtzettel lächerlich zu machen. Wahnsinnig aggressiv macht mich das! Ich bin einfach nicht mehr bereit, meine Selbstverwirklichung mit Schuldgefühlen dir gegenüber zu bezahlen. Ich habe deine Bremserei satt. Und ganz offen gestanden:

Sobald du weg warst, blühte ich irgendwie auf, es war, als käme ich an die frische Luft, als könnte ich wieder atmen.

Konrad: Deine Sätze riechen nach Frauengruppe. Deine grandiose Offenheit ist im Moment genauso Mode wie deine läppische Rübenhose. Dabei ist keine dieser unzufriedenen Ziegen imstande, den Begriff der Selbstverwirklichung zu definieren. Nichts als nachgeplapperter Brunz! – Wir können uns ja trennen, ich kann ja gehen.

Magda: ›Wir können uns ja trennen‹, das ist deine ganze Weisheit, das ist deine Art, Konflikten auszuweichen und Diskussionen abzublocken.

Konrad: Ich hemme deine Entfaltung, ich verpeste deine Luft, ich schnüre dir die Kehle zu, ich mache dir Schuldgefühle – was gibt's da noch zu diskutieren? Der Fall ist ja klar. Der Fall ist klar, obwohl ich froh wäre um ein einziges konkretes Beispiel, ich weiß nämlich gar nicht, wovon du sprichst.

Magda: Du wirfst mir doch ständig irgend etwas vor; seit wir uns kennen, entdeckst du Mängel an mir! Ich spüre doch, wie mein Selbstvertrauen abgebröckelt ist in diesen Jahren, alles an mir regt dich auf. Es kann dir doch nicht recht sein, wenn ich Angst vor dir habe.

Konrad: Bring doch bitte endlich ein Beispiel, verfluchtnochmal! Was werf ich dir vor? Was zum Teufel regt mich denn auf an dir?

Magda: Diese Hose zum Beispiel.

Konrad: Gut, ja, also, meinetwegen, aber das ist ja weißgott nicht zentral.

Magda: Neulich, nach dem Aufstehen, kamst du zu mir ins Badezimmer und fragtest mit mühsam unterdrückter Gereiztheit: Sag mal, warum gurgelst du eigentlich immer so komisch?

Konrad: Stimmt ja auch, du gurgelst wirklich unmöglich. Zweimal täglich sträuben sich mir die Haare.

Magda: Eben.

Konrad: Du, jetzt hab ich nur Spaß gemacht, merkst du das nicht?

Magda: Nein nein nein. Ich möchte dich hassen!

Usw.

Bald waren beide so ratlos, so ausgekühlt und betrübt, daß sie zusammen ins Bett gingen. Und es war, als nähmen die zwei Körper keine Notiz von der Zwietracht der Obrigkeit. Noch mochte sich ihr Fleisch, noch hatte es die Kraft, die rebellischen Gehirne bedingungslos ins Unrecht zu versetzen.

Um halb vier saß Zündel im Wartezimmer des Zahnarztes, verkrallt in sein Wochenhoroskop, dem er in einer der aufliegenden Illustrierten begegnet war. Zu jeder der drei Sparten Leben, Liebe und Geld fand er einen bedeutsamen Fingerzeig. Manchmal muß man seinem Herzen einfach einen kräftigen Stoß geben! hieß es unter ›Liebe‹. Auch die Rubrik ›Leben‹ rief auf zur Tat: Einen bestimmten Fehler sofort korrigieren! – Von diesem kleinen astrologischen Appell fühlte er sich so heftig angesprochen, daß er sich vornahm, ihn zu beherzigen.

Kurz vor fünf durfte Zündel ein letztes Mal spülen. Der frisch einzementierte Zahn war allerdings nur eine Leihgabe, die Herstellung des endgültigen, in Form und Farbe restlos stimmigen, mußte erst in Auftrag gegeben werden, und die Lieferfrist betrug einige Wochen. Aber auch mit dem ästhetisch nicht ganz befriedigenden Provisorium ließ sich, wie der Zahnarzt versicherte, bis auf weiteres ohne Risiko essen und leben.

Munter verließ Konrad die Praxis. Und da er sich relativ vollwertig fühlte, beschloß er, noch schnell einzukehren.

Wie erwartet, traf er lauter Bekannte am Stammtisch, deren spontanes Halli-Hallo ihn rührte. Zwei Frauen umarmten ihn so vehement, daß ihm fast schwindelte, obwohl er wußte, wieviel Wert man hier auf Körperkontakt legte. – Von Literatur war gerade die Rede, und Zündel befahl: Nur weiter!

Er hörte: Neue Innerlichkeit gleich narzißtischer Luxus im Quadrat. – Genau! Und diese penetrante Vereinzelungsattitüde zwingt allmählich zum Gähnen. – Wirklich, Hut ab vor der alten Garde, da ist noch Engagement, davon könnten unsere egozentrischen Nachwuchswürstchen lernen! – Glaubt mir, in zwei drei Jahren ist Verdrossenheit nicht mehr gefragt, und diese Nabelschauer werden reihenweise den Schwanz einziehen!

Zündel benutzte das Gelächter zum Verschwinden und war unverhältnismäßig froh, daß niemand ihn nach seiner Meinung gefragt hatte. – Meine verspannte Nackenmuskulatur ist zwar mein Problem, dachte er, aber hat sie nicht Notwehrcharakter, signalisiert sie nicht auch objektive Bedrohung? Was für eine Stammtischrunde! Ich empfinde immer mehr Menschen als naturwidrig und gespreizt, gleichzeitig wächst mein Argwohn gegen die Ungehemmten. Auch treffe ich immer mehr Menschen mit Prinzipien, schrille Kreaturen. Aber ebenso zuwider sind mir die undogmatischen Lumpen. – So, jetzt muß ich heim, und davor hab ich Angst.

Zu Hause erinnerte er sich an den Ausspruch eines entfernt befreundeten Kunstmalers: Unsere Ehe ist ideal, meine Frau und ich verkehren nur schriftlich miteinander. – Magda war weg. Nur lag diesmal kein Zettel auf dem Küchentisch, sondern zwei ordentliche Blätter.

Erstes Blatt:

L. K. Ich fahre für ein paar Tage zu Helen nach Bern. Abstand ist jetzt wichtiger als zermürbende Monsterdebatten. – Falls Du selbst für längere Zeit fortgehen solltest, so laß es mich bitte wissen. – Ich habe mich eben noch hingesetzt und aufgeschrieben, was Du mir alles vorwirfst. Es ist ein Nachtrag zum Streit von heute morgen. Es sind die von Dir verlangten »konkreten Beispiele«. – Tschau, paß auf Dich auf! Magda.

Zweites Blatt:

Du wirfst mir vor,

daß ich den Heißwasserhahn zu stark zudrehe,

daß ich den Nescafé direkt aus der Büchse in meine Tasse schütte, statt einen Löffel zu nehmen, daß ich an der Zahnpastatube immer ganz vorne drükke und das hintere Ende nie einrolle, daß ich die Uhr mit zuwenig Fingerspitzengefühl aufziehe, daß ich zuviele Modeausdrücke verwende, daß ich die Weinflasche beim Einschenken nicht dort halte, wo sich die Etikette befindet, daß ich die Schallplatten nach dem Hören regelmäßig falsch einreihe, daß ich im Badezimmer stets das Licht brennen lasse, daß ich immer nur Jeans trage und fast nie einen hübschen Rock, daß ich mich am Telefon mit zu schroffer Stimme melde, daß ich unter Leuten anders bin als mit dir allein, daß ich meine Haare mit Henna töne, daß ich Bücher oft nicht zu Ende lese, daß ich statt eines anständigen Portemonnaies eine vergammelte Blechbüchse mit mir herumtrage, daß ich gewisse Wörter auf der falschen Silbe betone, daß die Art, wie ich das M schreibe, nicht zu meiner sonstigen Handschrift passe, daß ich barfuß auf dem Küchenboden umherlaufe und nachher über Halsweh klage, daß ich die Butter an der Oberseite abschabe, statt breitseits ein Stück davon abzuschneiden, daß … –

Reglos saß Zündel am Tisch. Nach einigen Sekunden rief er so gellend, daß die Katze aufsprang und sich schüttelte: Verwünschtes Volk der Weiber!

Abermals nahm er ein Bad. Bad und Bett, dachte er, alles andere ist winterlich. Dreckgletscher Welt.

Aber man bibbert stumpf. Besser ein frigider Eiszapfen als ein wärmebedürftiger Tölpel. Unter Null! heißt die Devise. Hohn dem Mutterbauch, Hohn dem, der fiebert nach ihm. Es lebe die Tiefkühltruhe! Es lebe der Stahlschrank!

Irgendwann muß man aber erwachsen werden, Herr Zündel, nicht wahr, ein bißchen reif, ein wenig hart, jedermann weiß doch heute Bescheid über die Infantilität von Vollbadsehnsüchten, nicht wahr, wir wollen doch die Realität nicht verdrängen, Herr Zündel, im wirklichen Leben wird kalt geduscht: das stählt, immunisiert, macht männlich. Alle Wehleidigen, Herr Zündel, alle Weinerlichen und Weichen, die Humanisten, die Pazifisten, die Utopisten, die Idealisten, kurz: diese kleine, aber gefühlsduselige Minderheit hat sich nie emanzipiert von Bad und Bett, sie alle faseln verstockt von Wärme und Geborgenheit, und jeder nüchterne Mitbürger, Herr Zündel, erkennt diese verzärtelten Zeitgenossen schon von weitem an ihrem schlabberigen Habitus.

Zündel ließ heißes Wasser nach und entgegnete: Mein reifer Herr, es macht mich traurig, daß ich mit Ihresgleichen noch immer spreche. Über dreißig bin ich jetzt, und noch immer fehlt mir der Anstand, den Kontakt zu Ihnen, zu Ihresgleichen, zu Euresgleichen, zu Euch namenlos monströsen Menschen abzubrechen. Kantig und kühl, zackig und selbstgerecht, stramm und mannhaft stampft Ihr nieder, was Eurem Todeskult nicht huldigt, Ihr Mumien, Ihr Raupenfahrzeuge, Ihr Nordpolhalunken. Wahrlich ich sage Euch: Eher noch kommt Zartes durchs Leben als Hartes ins Himmelreich.

Aber, dachte Zündel, indem er den Stöpsel herauszog, aber vermutlich habe ich den Mund soeben etwas voll genommen. Weder kommt Zartes durchs Leben, noch kommt Hartes nicht ins Himmelreich. Die himmlischen Heerscharen, mit denen unser Vater sich umgibt, sind ja eben Heerscharen, und das tönt wenig weich. Und im Grunde genommen darf niemand ihm verargen, wenn er jene Beherzten vorzieht, die seiner Schöpfung Positives abgewinnen, sie als Prüfung zwecks Hautverdickung interpretieren, als Tummelplatz spannender Überlebenskämpfe mit Aufstiegschancen der ganz Tapferen. Sollte unser Vater etwa den Mühseligen Einlaß gewähren, die seinen Kosmos ein Leben lang bemäkelten, ihn frostig schalten? Gehören geknickte Querulanten in den Himmel? Sind flügellahme Melancholiker als Engel tragbar? Gibt es für sie alle nicht ein Örtchen, wo ihre Gier nach Wärme mehr als gestillt wird, wo tausend Feuer flackern?

Als Zündel aus der Wanne stieg, dachte er: Ich verstehe wenig, doch möchte ich nichts mehr verstehen. Eines Tages möchte ich erwachen und spüren: Ab heute ist Schluß, ab heute wird nichts mehr begriffen. Das Ende der Billigung ist da. Das Ende der Verdammung ist da. Ich möchte auf einer Bank sitzen in einem Park und sagen können: Mir fällt zu allem nichts mehr ein.

5

Am gleichen Abend, gegen halb zehn, läutete das Telefon bei uns. Vroni nahm ab, streckte mir aber sofort den Hörer hin und flüsterte: Für dich, Viktor, es ist Konrad.

Da ich Zündel schon über alle Berge glaubte, war ich erstaunt. Er sagte: Ich höre, daß ich störe, es tut mir leid, telefonieren ist ein entsetzliches Risiko. – Ich freu mich, daß du anrufst, Konrad, du störst überhaupt nicht. – Man stört immer, entgegnete er, man stört von Geburt an. – Ich sagte: Was du da behauptest, ist so erläuterungsbedürftig, daß ich dich am liebsten gleich sehen würde, bist du zu Hause? – Ja, sagte er, aber sicher wolltest du gerade ins Bett, du hast schließlich keine Ferien! (Auffallende Technik Konrads: Er schützte sich vor dem Schmerz einer möglichen Abweisung so, daß er sie innerlich vorwegnahm, indem er dem anderen Bedürfnisse aufnötigte, die eine Abweisung nahelegten, begreiflich machten und rechtfertigten.) – Du weißt doch, beruhigte ich ihn, daß ich selten vor Mitternacht schlafen gehe. – Er: Wenn die Menschen … – Zündel stockte. Ich sagte: Wenn die Menschen? – Er: Wenn die Menschen …, wenn, ich meine, ich überlege gerade, eigentlich ist es so: wenn die Menschen, wenn sie erklären, mit mir oder bei mir sein zu wollen, wenn sie also bereit sind, mich zu treffen, dann können sie theoretisch drei, drei ... – Wieder brach Konrad ab, und ich fragte: Ja, drei was? – Ach Scheißdreck, sagte er, es stimmt gar nicht, also, hör, dann kann ich noch auf einen Sprung vorbeikommen?

Es wurde elf, bis Zündel eintraf. Noch im Hausflur sagte er: Unglaublich, was uns angetan wird, aber wir schlucken das ja! – Wein oder Bier? fragte ich ihn und schubste ihn behutsam in die Stube. – Schnaps! rief er, ist Vroni schon im Bett? – Ja, sie läßt dich herzlich grüßen, sie war sehr müde. – Soso, herzlich, murmelte er, soso, ich bin auch immer müde, ich bin immer immer müde, hunderttausend Stunden lang möchte ich anschlafen gegen den Weltlauf. – Kirsch, Whisky oder Cognac? fragte ich ihn. – Wein, sagte er.

So, alter Konrad, gut, daß du da bist, worauf stoßen wir an? Auf die Liebe? – Ach geh, sagte er, wie kommst du denn darauf? – Du nanntest sie doch gern eine tropische Insel im Eismeer! – Ich? fragte er, wirklich? Kitschbruderschwachsinn! Die Liebe ist natürlich eine lange Angst, abgerechnet jenes spitze Lüstchen dann und wann. – Ist etwas mit Magda? fragte ich. – Weg ist sie!

Später, nachdem er die Geschichte (auch die seiner plötzlichen Heimkehr) erzählt hatte, fragte ich ihn, ob er das alles gemeint habe mit seinem Eröffnungssatz draußen im Gang. – Nein, sagte er, der bezog sich auf ein Schild im Tram – Tausende täglich sehen es, lesen es, lassen es sich bieten, und auch mir ist diese Bestialität bis heute noch nie aufgefallen –, also, da steht geschrieben: Rasch aussteigen, Türe schließt bei freiem Trittbrett automatisch! – Erwartungsvoll sah Zündel mich an. Und ich ihn. Schließlich sagte er: Na ja, ich dachte nur, es sei nicht unbedingt alltäglich, daß reale und sinnbildliche Menschenfeindlichkeit zusammenfallen.

Irgendwann, fuhr er fort, wolle er eine Flugschrift verfassen, die mit letztmöglicher Schärfe abrechne mit den durchaus benennbaren Produzenten von Angst und Leid, eine Art Chronik zeitgenössischer Niedertracht, eine Handreichung auch für die Sprach- und Mutlosen, die nur noch verdattert umherschlurften und Schweißausbrüche bekämen, wenn ein Wolf sich erkundige, was ihnen denn fehle. – Ein Wolf? fragte ich. – Ja, sagte er und zog ein gefaltetes Blatt Papier aus der Tasche, dies da wäre ein möglicher Anfang meines Traktats, ich hab's heut abend geschrieben.

Einmal fragte der hungrige Wolf das Schaf, was es eigentlich auszusetzen habe an dieser Welt. – Darf man offen sein? fragte zaghaft das Schaf. – Natürlich! sagte der Wolf. – Es ist mir, sagte das Schaf mit pochendem Herzen, es ist mir hienieden alles ein bißchen zu wölfisch. – Kritik in Ehren! antwortete zähnefletschend der Wolf. Aber wenn du über ein harmloses Bißchen schon jammerst, wie willst du dann einen richtigen Biß überstehen?

Kommst du draus? fragte Zündel gespannt. – Ich glaube schon, sagte ich. – Findest du's blöd? fragte er. – Ich sagte: Warum fragst du nicht, ob ich es gut finde? – Er besann sich, trank, zündete sich eine Zigarette an und meinte: Wahrscheinlich, um dir die Antwort zu erleichtern, wahrscheinlich, um mich vor Unverblümtheiten zu bewahren, um dir den von mir erwarteten Satz ›Nein, es ist nicht blöd‹ zu entlocken. Verbindlich Positives würde ich nämlich nicht glauben, verbindlich Negatives ertrüge ich nicht. Übrigens, Viktor, eine Frage: Du weißt sicher ungefähr, wieviel mal im Monat du mit Vroni schläfst, weißt du auch, wie oft du ihr irgend etwas vorwirfst, wie oft du sie – sagen wir pro Jahr und durchschnittlich – tadelst, kritisierst, zurechtweist? – Was in aller Welt hat das mit deiner Fabel zu tun? fragte ich ihn. – Es hat damit indirekt etwas zu tun, aber zuerst mußt *du* antworten! – Ich hab mir das noch nie überlegt, sagte ich, man sollte tatsächlich mehr darauf achten, also wenn ich so über den Daumen peile: ich schätze zirka zweimal, inbegriffen die Kritik aus Sorge, wie zum Beispiel: Immer sitzt du im Durchzug! – Zweimal im Jahr? fragte Konrad laut. – Pro Woche natürlich, präzisierte ich. – Er bat um meinen Taschenrechner.

Hör zu, sagte er nach einigen Minuten, ihr habt vor fünf Jahren geheiratet, genau wie wir, du hast Vroni während deiner Ehe also rund 570mal kritisiert! Und ich? Kaum zwanzig lumpige Vorwürfchen von meiner Seite konnte Magda zusammenkratzen – sie hat mir das nämlich auf einer Liste schriftlich hinterlassen, ich verschwieg dir das vorhin –, zwanzig Vorwürfe in fünf Jahren, das macht pro Jahr vier, das macht pro Woche 0,070 und pro Tag 0,010 Vorwürfe. Stell dir das vor! Ein Hundertstel Vorwurf pro Tag murkst eine Ehe schon ab, undsoweiter undsofort, es geht auf keine Kuhhaut, was ich da zusammenplappere, ich verschwinde jetzt. – Aber du schuldest mir noch eine Antwort, sagte ich, Stichwort Wolf und Schaf. – Zündel (ungefähr): Jedes Sturmtief im sogenannten Privat- oder Intimleben erhöht meine Empfänglichkeit für das Trübe schlechthin. Die Weltluft ist zwar objektiv unrein, aber nur als Privatversehrter wittere ich den Gestank. Und so kommt es, daß ich, statt über das Besondere, das heißt meine Ehekrise, zu meditieren, mich ablenken lasse durch die umfänglichere Schadhaftigkeit des Allgemeinen. Daher die Fabel. Und wie gesagt, eines Tages wird mit sämtlichen Wölfen gnadenlos abgerechnet, nur braucht es noch viele viele Jahre, bis meine Schafskrallen hinreichend gewetzt sind und hinreichend entsetzlich aus meiner dann wohl gewaltigen Pranke hervorblinken. – Zündel lachte herzlich und ich mit ihm, und wir stießen auf seine Pranke an. Dann sagte er: Nein, nicht ihretwegen ist die Zeit noch nicht reif für Ahndung und Gegenschlag, sondern darum, weil die Energiequelle für ein solches Unterfangen nicht der Haß sein darf und nicht der private Schmerz. Beide sind chancenlos im Kampf gegen Tücke und Macht. Etwas Lebensfreundlicheres muß in mir wachsen und gleichzeitig mich speisen, etwas Strahlendes. Nur wer aus innerer Fülle heraus streitet, aus Glück, aus Liebe, nur der wird zuverlässig siegen! – Vorausgesetzt, sagte ich, vorausgesetzt, daß der überhaupt noch Lust zum Streiten hat. – Da hast du wieder recht, du Gauner, dabei hätte ich fast geweint vor Rührung über meine Einsicht, an der ich übrigens trotz allem, trotz allem festhalte.

Zündel blieb bis vier Uhr morgens. Er redete viel und fahrig. Fragen zu Magda wich er aus. Über seine Ferienpläne äußerte er sich unbestimmt. Lange sprach er über seinen Beruf, aber als ich ihn fragte, warum er nicht aufhöre, Lehrer zu sein, wenn diese Tätigkeit ihn doch hohl und bucklig mache, sagte er nur, Red und Antwort stehen zu müssen, sei das Gegenteil von Seligkeit.

Vor der Haustür warteten wir auf das bestellte Taxi. Tief atmete Konrad die Julimorgenluft ein. Mir ist übel, sagte er, aber leben tu ich nicht ungern.

6

Zündel saß beim Frühstück und merkte, daß ihm Magda kaum fehlte. Endlich habe ich meine Ruhe, sagte er zur Katze. Endlich kann ich den Kaffee wieder schlürfen, wie ich will. Jahrelang habe ich auf das Rülpsen verzichtet. Jahrelang habe ich mich beim Frühstück auf Plaudereien eingelassen, obwohl ich von Natur und also von jeher unter morgendlichem Sprachekel leide. – Treu war ich auch, obwohl …, ja, obwohl! Eine Ehe platzt, wenn die Obwohls nicht gelebt werden, und wenn sie gelebt werden, platzt sie auch. Was können wir daraus folgern, liebes Büsi? Weißt du überhaupt, daß dich Magda gegen meinen Willen hat kastrieren lassen? Und jetzt verreist sie einfach, läßt uns hocken und fühlt sich weißgott wie mutig dabei. Die spinnt doch. Die sollte man! Aber wie gesagt: Uns kann es recht sein. Wir drängen uns niemandem auf, und es wäre ein schwerer Fehler, Magdas Vorhandensein als notwendige Bedingung unseres Lebensglücks zu empfinden.

Zündel nahm eine Kopfwehtablette. Es war elf Uhr. Er öffnete das Fenster. Die Sonne schien. Ich will mich anziehen, dachte er, aber ich habe keine Lust dazu. Einer will, einer hat keine Lust, und einer wird sich so oder so entscheiden müssen. Der

Einfachheit halber gibt man allen dreien den Namen Konrad. Das Schweinsnetz hält die Wurstmasse zusammen. Der Name tut so, als wolle er uns vor dem Zerfließen bewahren, aber die gestiftete Kompaktheit bleibt quallig. Auch das sogenannte Ich ist ja lediglich eine treuherzige Behauptung der Sprache, eine Behauptung allerdings, die sich immer unverfrorener als Gebot aufspielt. Unsere Irrenanstalten sind nur darum nötig, weil nicht jedermann diesen Identitätsfimmel mitmacht, weil als gestört gilt, wer dem planetarischen Ich-Schwindel nicht auf den Leim kriecht. Und ich kriech jetzt unter die Decke.

Als Konrad am frühen Abend zum zweiten Mal frühstückte, fühlte er sich welk. Sein Schlaf war friedlos gewesen und schweißreich; beim Aufstehen hatten die Muskeln ihren Dienst nur störrisch erfüllt. Die Kaffeetasse zitterte in seiner Hand, und immer wieder verlor die Honigbüchse an Kontur. Er dachte, daß er abscheulich geträumt haben müsse, und erinnerte sich an eine Fistelstimme, die ihn mit dem immer gleichen Satz drangsaliert hatte. Aber der Satz war ihm bis auf das Wort ›Schlankheitsabgrund‹ entfallen.

Er beschloß, sich eine Frist bis Mitternacht zu gewähren: Bis dann würde er entschieden haben müssen, wie es weitergehen sollte. Vor ihm lagen fürs erste dreieinhalb Wochen Ferien, hinter ihm lag ein Leben, das er zu keiner Stunde restlos überzeugend gefunden hatte. Seine Ehe war – wie fast jede Ehe – wohl aus Liebe geschlossen worden, aber diese Liebe erwies sich – wie fast jede Liebe (in seinen Augen) – als ein Gemisch aus Einsamkeitsangst, Geschlechtstrieb und Ewigkeitsbedürfnis. Seinen Beruf glaubte er nicht aus pädagogischer Passion ergriffen zu haben, sondern aus Mangel an Alternativen, bestenfalls darum, weil er selbst in seiner Jugend unsäglich unter der Schule gelitten hatte.

Was nun? fragte er, nachdem sein Honigbrot verzehrt war. Erstens möchte ich endlich endlich soweit sein, mich als eminent nebensächlich zu betrachten, als schäbiges Erbslein im Weltall, das ich ja in Wahrheit auch bin. Kichern können möchte ich über meinen Daseinsernst, über meine Selbstverhätschelung. Vermehrt möchte ich mich von meinem Ende her definieren: mich begreifen als belanglose Vorstufe eines verrottenden Kadavers. Zweitens aber würde ich ganz gern einen kleinen Roman schreiben, nur verriete ich mich gerade dadurch wieder als Wichtigtuer, der – wie jeder Schreibende – auch in der bizarrsten Verkleidung sich und nur sich meint.

Beunruhigt über die Unvereinbarkeit seiner Wünsche, holte Zündel Papier und Bleistift.

8. 7. Schreiben? (Gar veröffentlichen?) Wenn man wenigstens die Gewißheit hätte, ein *repräsentativer* Krüppel zu sein! Es geht nämlich nicht einfach um die Schreibfähigkeit, sondern darum, ob man –

feierlich ausgedrückt – des Schreibens würdig sei. Würdig aber ist nur der in irgendeiner Weise Außergewöhnliche (z.B. der Krüppel), doch darf diese Außergewöhnlichkeit nicht in beliebiger, willkürlicher Apartheit bestehen, sondern sie muß als normale oder zwingende oder stellvertretende Außergewöhnlichkeit identifizierbar bleiben. (Der Schreibende selbst weiß freilich nie so recht, ob er ein bloßer Spinner ist oder ein exemplarischer Mensch.) – Korrektur: Repräsentative Außergewöhnlichkeit ist natürlich etwas sehr Seltenes. Im Normalfall ist das Repräsentative das Hundsgewöhnliche. Und als exemplarischer Mensch kann jener gelten, der die durchschnittliche Nichtigkeit aufweist. Würde ein solcher Mensch seine durchschnittliche Nichtigkeit schreibend zu Markte tragen, so entstünde ... ach was!

Eins bleibt sicher: Wer nicht bereit ist, stumm und spurlos durchs Leben zu huschen, ist ein geltungssüchtiger Schmutzfink. Ende.

P.S. Auf die raffinierteste Weise wichtig macht sich der Schweigende.

Da fiel Zündel ein, daß er den Briefkasten noch nicht geleert hatte. Die Zeitung. Die Zeitung! Sie würde ihm über ein bis zwei weitere Stunden hinweghelfen.

Er rutschte auf dem Geländer hinab ins Parterre. Auf der untersten Treppenstufe lag, auf einen Fetzen Papier gebettet, ein Zigarettenstummel. Um den Stummel herum war mit grünem Filzstift ein Kreis gezogen. Auf den Kreis hin zeigte ein Pfeil, ausgehend von einer anderen, sprechblasenartigen Umrandung, in welcher der Vermerk schwebte: »Gottseidank haben wir in diesem Hause mehr anständige Mieter als solche Schweine!« – Von Hauswart Schmockers Feststellung durfte sich – mit Ausnahme des Delinquenten – jeder Bewohner geschmeichelt fühlen. Zündel leerte den Briefkasten. In seinen Ohren verspürte er jenes Hitzegefühl, das ihm bewies, wie wenig er an seiner Täterschaft zweifelte. Ganz richtig, frühmorgens im Taxi hatte er noch geraucht, in der Wohnung die Zigarette dann vermißt und aus Angst vor einem Brand auf allen vieren nach ihr gesucht. Ganz richtig. Sie wird mir im Hausflur irgendwie abhanden gekommen sein, aber ein trostloser Pinsel ist dieser Schmocker trotzdem.

Rasch stahl sich Zündel treppaufwärts, doch kaum hatte er Schmockers Wohnungstüre passiert, hörte er in seinem Rücken schon des Hauswarts dröhnende Stimme: N'abend, Herr Zündel! – Wie ein Genickschuß, dachte Konrad, blieb stehen, schauderte, wandte sich um und sagte: N'abend, Herr Schmocker. – Schmocker schritt bis zum Treppenabsatz. – So, haben wir wieder mal Ferien? rief er aus zwei Metern Distanz. – Ja, sagte Zündel. Schmocker hob den Zeigefinger, kippte ihn sogleich um 180 Grad abwärts und sagte: Logisch weiß ich, wer das da unten war, Sie werden die Schweinerei ja gesehen haben! – Wer denn? fragte Zündel. – Omarini natürlich, wer sonst! Wenn's nach mir ginge, wäre dieses Haus längst gesäubert, Sie wissen, was ich meine. – Nein, log Zündel, um vor sich selbst nicht allzu verschwörerisch zu erscheinen. – Italiener schwupp schwupp! sagte Schmocker. – Es gibt auch saubere Südländer, erwiderte Zündel kleinlaut und glaubte, noch nie im Leben einen erbärmlicheren Satz ausgesprochen zu haben. Aber Schmocker ging nicht darauf ein, sondern sagte: Ist Ihr Schwager abgereist? – Mein Schwager? – Türlich, der Bruder Ihrer Frau Gemahlin war doch übers Wochenende hier. – Zündel stutzte einen Moment, schlug sich dann aber schnell die Zeitung an die Stirn und sagte: Jaso, jaja, der ist abgereist. – Besonders schlagfertig sah das zweifellos nicht aus. Schmocker machte eine merkwürdige Grimasse und schrie: Also dann, auf Wiedersehen, Herr Zündel, und trotz allem Kopf hoch! – Warum denn? fragte Zündel. Seine Stimme klang nicht halb so arglos, wie er es gewünscht hätte. Und Schmocker antwortete gedämpft, als wolle er sich der fast tonlos gestammelten Frage anpassen: Ich meine ja nur. – Dann kehrte er sich um und verschwand in seiner Wohnung.

7

Na wie geht's denn, du kleine geile Sau? fragte die Animierdame. Schockiert sagte Zündel: Danke, und Ihnen? – Sie antwortete: Kein Geld, keine Liebe, nur Dreck im Keller! – Und mit der Hand fuhr sie ihm zwischen die Beine, und in sein Ohr flüsterte sie: Ich bin die Fuzzi, und wie heißt du? – Ich bin der Traugott, sagte Zündel, zahlte, glitt vom Hocker und wankte heim. Noch nie hatten ihm derartige Abstecher Linderung gebracht. Aber der unendliche Abend war um eine Stunde kürzer geworden.

Erstens hat Magda zwar eine Schwester, aber keinen Bruder, und zweitens war Magda übers Wochenende doch in Aarwangen gewesen, an einem bioenergetischen Seminar!

So ist das. Sie schleppt, kaum bin ich weg, einen Liebhaber nach Hause, trifft dummerweise Schmocker im Treppenhaus und gibt ihren Besucher – um den bösen Schein zu meiden – als Bruder aus. Sehr mager. Sehr konventionell. Am Montagmorgen, als ich sie von Mailand aus anrief, räkelte sich wahrscheinlich noch der andere neben ihr und zwickte sie, während wir redeten, in den Hintern. Gutgut. Und wie ich nach Hause komme, wird ein Streit vom Zaun gebrochen, der einen gelungenen Rechtsgrund zum Verduften liefert. Zu Helen nach Bern. In Anführungszeichen. Helen heißt er wohl kaum. Man kennt das alles. Schick mir ein Mausloch, lieber Gott.

Zündel stand am offenen Fenster. Die Nacht war hell und mild. Er trank stehend, bis er – gegen halb elf – den Mut hatte, Helens Telefonnummer zu wählen. Es meldete sich niemand.

Hart mündet in Schund, was gestern noch wertvoll sich gab. Und über die Geltung des Gestern entscheidet immer das Heute: So zerbrechlich ist die Vergangenheit, so idiotisch gefährdet schon durch das winzigste Jetzt. Eine Untreue – und alles, was war, alles Gute jedenfalls, ist wie weggefegt. Je schöner es war, desto verdächtiger macht es der Argwohn. Fast sekundenschnell schrumpft die Liebesgeschichte zum Lügenmärchen zusammen. Und unterstünde man keiner Hausordnung, so nähme man nun noch ein Bad, denn die Zähne klappern, und Dasein ist unappetitlich.

Er stellt das Radio an und erwischt den Schluß eines Interviews. Ein Schriftsteller sagt: Die Klassiker sind mehr und mehr meine Brüder geworden. – Dann sagt der Bruder der Klassiker: Am Ende aller Dialektik muß der Lobpreis stehen. – Sogleich trimmt Zündel sich auf Hohn und denkt: Wie schön, wie wahr, wie mutig. – Gleichzeitig merkt er, daß seine Augen naß sind. Er schüttelt den Kopf und sagt laut: Konrad, Konrad.

Er trinkt Calvados. Er findet: Seit Jahrzehnten gibt der Verlauf der Ereignisse meinem Lebensgefühl recht. Aber diese Kongruenz macht mich weder stolz noch glücklich. Einen Revolver müßte man haben.

Zündel trinkt, raucht, blättert in einer der herumliegenden Frauenzeitschriften, aber es will nicht Mitternacht werden. Eine Leserin schreibt: Noch habe ich mich dem andern nicht hingegeben, aber ich habe Angst, daß es einmal so weit kommen könnte. Was soll ich tun? – Die Beraterin antwortet: Sie durchleben schmerzlich und gleichsam stellvertretend die Orientierungskrise der heutigen Frau. Versuchen Sie, Ihre ureigensten Bedürfnisse zu hinterfragen und Ihren aktuellen emotionalen Zustand aufzuarbeiten … – Du heiliger schleimiger Strohsack, murmelt Zündel und bricht die Lektüre ab.

Daß Magda vor dem Schlafengehen jeweils den Tisch für das Frühstück gedeckt hatte, war für Konrad schon immer ein Ärgernis gewesen. Die unbekümmerte, fast selbstherrliche Art, mit der hier über Zukunft verfügt wurde, befremdete ihn, und er fand es ausgesprochen spießig, so zu tun, als sei eine nächtliche Katastrophe ausgeschlossen. Jetzt aber holt er in der Küche Teller, Tasse, Eierbecher, Messer und Löffelchen, und am oberen Ende des Stubentisches entsteht ein kleine, erwartungsvolle Tafel.

Er betrachtet das Büchergestell. Ihr Schlaumeier, ihr Lebenslieferanten, ihr aufgetakelten Seemannsgarnspezialisten. Da steht ihr, vereint im bornierten Glauben, man könne sich mit Worten freischaufeln. Wie lange habe ich auf euch gesetzt, wie lange ließ ich euch nisten im Hohlraum meiner Erfahrungslosigkeit. Aber damit soll Schluß sein. Radikalabsage an die Herrschaften des Geistes, die mir die Welt vorbuchstabierten. Zum Zitatenhamster habt ihr mich gemacht. Eurer Geschwätzigkeit verdanke ich mein Ungemach. Ich will das Gefühl, nicht das Vorgefühlte, die Tat, nicht das Buch. Ich erkläre hiermit – bis auf Abruf – die ungefilterte Wirklichkeit zu meinem Triebziel, und damit ist mir ernst. Der Geist – das steht bei aller Sympathie fest und läßt sich belegen – der Geist drosselt die Lebensfreude. Daß die Gottesanbeterin (Mantis religiosa) dem Männchen gleich zu Beginn der Paarung den Kopf abbeißt und dadurch dessen sexuelle Leistungsfähigkeit erhöht (denn der Kopf enthält kopulationshemmende Nervenzentren), ist weiter nicht verwunderlich. Kopflos lebt man spontaner.

Zündel leert den Aschenbecher, lüftet die Stube, putzt die Zähne, wäscht sich das Gesicht, schließt die Wohnungstür ab, zieht sich aus und setzt sich ins Bett. Hinter dem Wecker entdeckt er eine von Magdas Haarspangen, er nimmt sie und schnuppert daran. Eine nach nichts riechende Duftmarke, denkt er und schwankt zwischen Wehmut und Grimm.

Aber eigentlich ist er seltsam getrost. Der Herr hat's gegeben, flüstert er mehrmals. Ein Versöhnungsbild steigt auf: Die Interessengemeinschaft verlassener Männer (IVM) fusioniert mit dem Verein geschlagener Frauen (VGF). Die Herzen sind aufgetaut, man schenkt einander Veilchen und samtige Blicke, und angstlos schmiegt Leib sich an Leib.

Seufzend knipst Zündel das Licht aus. Er spürt: In uns rattert ein Automatismus, der selbst das verschämteste Schönheitsträumchen verunglimpft als utopischen Kitsch.

Dann macht er nochmals Licht und steigt aus dem Bett. Die Wohnungstür vergaß ich abzuschließen, ich Trottel, ich seniler. – Draußen sieht er, daß die Wohnungstür abgeschlossen ist. Es geht wirklich abwärts, denkt er, ich habe diese Tür ja schon längst verriegelt, ich Trottel, ich seniler.

Und Mitternacht ist auch vorüber, Entscheide sind trotz Ultimatum nicht gefallen, aber kommt es auf ein weiteres Versäumnis noch an? Wird nicht jede Schuld durch verstärkten Selbstterror hinreichend abgegolten?

Was sie ganz am Anfang aus Liebe füreinander getan haben, daran erinnert er sich, bevor er einschläft: In seinem Junggesellenbett lagen zwei Kopfkissen, ein hartes, ein weiches. Als Magda das erste Mal bei ihm zu übernachten sich anschickte, fragte er sie, welches der beiden Kissen sie wolle. –

Welches möchtest *du*? fragte sie zurück. Konrad sagte, obwohl er das harte klar bevorzugte, es sei ihm gleich, ihm komme es nicht drauf an. Da dachte Magda: Gewiß ist ihm das weiche lieber, nur traut er sich nicht, es zu sagen. Ich überlasse es ihm und nehme das harte, obwohl mir das weiche viel angenehmer wäre. Und sie sagte: Das harte ist mir lieber. Und er sagte: Mir das weiche, das trifft sich gut.

8

Judith bezeugt, er habe ihr am Donnerstagmorgen um neun Uhr den Kater gebracht und sie in gewundenen Worten gebeten, ihn, den Kater, zu ernähren, bis Magda, die zurzeit in Bern weile, heimkomme. Er fahre südwärts. Da Konrad sehr blaß gewesen sei, auch ungekämmt und unrasiert, habe sie ihn gefragt, ob ihm etwas fehle. Er habe geantwortet, dieser Ausdruck sei schützenswert und gefalle ihm gut, aber er könne sich jetzt auf nichts einlassen, da er die Eisenbahn nicht verpassen dürfe. – Auf ihre Frage, ob Magda wisse, daß die Katze bei ihr, Judith, sei, habe er wörtlich gesagt: Es ist alles registriert.

Tatsache ist, daß Magda, als sie am Samstag nach Hause kam, keine Ahnung hatte, wo die Katze war und wo Zündel war. Und Tatsache ist auch – dies sei hier mitgeteilt, obwohl es sich erst viel später aufklärte –, Tatsache ist, daß Schmocker gelogen hatte. Seine Schwagergeschichte war frei und heimtückisch erfunden, und von einem zweifelhaften Besucher, geschweige denn von einem Geliebten Magdas konnte zu keiner Zeit die Rede sein.

Von Zündels Aufenthalt in Genua wissen wir nicht wenig. So schäbig und trostlos die diversen Hotels oder Absteigen waren, die er sich – einer eigentümlichen Vorliebe folgend – ausgewählt hatte (ich selbst habe mittlerweile alle einmal aufgesucht und kennengelernt), so detailliert notierte er, gerade während dieser Zeit, seine Gedanken und Erlebnisse. Die Motive, die ihn ausgerechnet nach Genua hatten reisen lassen, in diese unwirtliche, unhelle Hafenstadt, sind teilweise offenkundig: Hier war er vor dreiunddreißig Jahren gezeugt worden, und hier gedachte er auch, auf reibungslose, also illegale Weise zu einer Faustfeuerwaffe zu kommen.

Die Aufzeichnungen dieser Woche zeugen von Vereinsamung, von einem beängstigenden Groll auf die Menschheit. Daneben finden sich Stellen, die in fast rührender Art Liebeswillen verraten, Sehnsucht nach Versöhnung und Einklang. Und schließlich, sozusagen eingekeilt zwischen den Äußerungen des Hasses und der Liebe, steht das Bekenntnis zur totalen, sprach- und kompromißlosen Apathie.

9

Auf der Bahnfahrt Richtung Süden teilte Zündel sein Abteil eine Weile lang mit zwei hohen Offizieren der Schweizer Armee. Aus Schlafbedürftigkeit hatte er eine Fahrkarte erster Klasse gelöst, aber nun war an Schlaf nicht zu denken. Zu sehr belebte ihn die Gegenwart der beiden Männer. Sie waren so zum Greifen nah und hatten trotzdem keinerlei Befehlsgewalt über ihn! Hätte er seine Soldatenuniform getragen, so würden sie ihn aus dem Erstklaß-Abteil verjagt haben. Unter den jetzigen Umständen aber war er artig gefragt worden, ob noch zwei Plätze frei seien, und er hatte geantwortet: Ja.

Vorerst lasen sie. Sie teilten sich in eine Zeitung aus der Region Zürich und tauschten die gelesenen Seiten von Zeit zu Zeit aus. Ab und zu schüttelte einer den Kopf. Zündel schaute hinauf zum Gepäckträger und betrachtete ihre Hüte: Ein Major, ein Oberstleutnant. Offiziershüte, das hatte er schon als Knabe so empfunden, führen ein fast unheimliches Eigenleben. Hüte überhaupt. Kein anderes Kleidungsstück ruht so aufreizend in sich selbst. Trotzdem weckt mancher Hut auch Neugier auf den Träger, aber die Köpfe der Reisegefährten verschwanden seit Zürich immer wieder hinter den Zeitungsblättern. Dafür versuchte Zündel ein bißchen mitzulesen, konnte aber aus eineinhalb Metern Distanz nur noch das entziffern, was groß und fett gedruckt war: »Auch Ihr Wohlbefinden wurzelt im Darm!« – Gerade wollte er sich über diese Behauptung ein paar Gedanken machen, da ließ der Major die Zeitung sinken, gähnte und sagte: Jaja. Darauf gähnte auch der Oberstleutnant, sagte jaja und legte seine Zeitung weg.

Dann schwiegen beide, lehnten sich zurück und schauten sinnend zum Deckenventilator empor.

Der Bless ist auch nicht mehr, was er war, sagte schließlich der Oberstleutnant. – Meiner gibt auch ab, erwiderte der Major, im Herbst wird er zwölf, und deiner? – Ein Jahr älter! Aber ein braver, anhänglicher Kerl, etwas träge halt, sein Geschwulst macht ihn auch nicht munterer. – Schmerzen? fragte der Major. – Der Tierarzt meint nein, aber man weiß ja nie. – Eben eben, bemerkte der Major, und nach einer Pause sagte der Oberstleutnant betrübt: Fressen will er auch nicht mehr. – Der Major sagte: Dem Rex geht's ähnlich, aber auf Tapsy ist er immer noch scharf. – Der Oberstleutnant: Tapsy? Wart mal, das ist doch – ist das nicht die Marke für diese Knabberknochen? Schweizer Produkt, glaube ich. – Ja, sagte der Major, aber die meine ich nicht, ich meine diese Fischstücke, luftgetrocknet, heißen auch Tapsy, es ist die gleiche Firma, übrigens eher holländisch als schweizerisch, aber ganz sicher bin ich nicht, ja also item: die ißt er sehr sehr gern. – So, sagte der Oberstleutnant, kenn ich gar nicht. – Mit viel Eiweiß, sagte der Major. – Dann verstummten sie definitiv.

Zündel war ein wenig enttäuscht. Er hatte ein anregendes Zwiegespräch über Truppenführung oder über Landesverteidigung erwartet. Statt dessen sprachen sie über ihre Hunde und bewiesen damit wieder einmal, daß sie auch nur Menschen waren. – Vermutlich behandeln sie ihre Haustiere humaner als ihre Untergebenen, dachte Zündel und konnte sich jetzt doch noch ärgern.

Er suchte den Speisewagen auf. Das Militär, sooft es ihm in irgendeiner wenn auch noch so harmlosen Form auf den Leib rückte, machte ihn rätselhaft sauer. Dabei hatte er nicht einmal viel gegen die Landesverteidigung, höchstens gegen deren Befürworter. Das Militär war ihm einfach wesensfremd. So wie es Leute gibt, die erklären, sie hätten keinen Sinn für Schnittblumen oder für Streichmusik, so hatte er keinen Sinn für Militärisches. Und mit der Zeit spürte er auch, daß ihm Männer, welche diesen Sinn besaßen, kaum jemals zusagten. Da ihm aber sonst Menschen lieb sein konnten, auch wenn sie ganz andere Neigungen als er an den Tag legten, schloß er daraus, daß die Empfänglichkeit für das Militärische – im Gegensatz etwa zur Vorliebe für konkrete Poesie oder für Leberwürste (beides mochte Zündel nicht, hatte aber Freunde, die das mochten) –, daß also diese Empfänglichkeit kein zufälliges Persönlichkeitsmerkmal sein konnte, sondern etwas zu tun haben mußte mit dem, was man Charakter nennt. (Ganz ähnlich – so Zündel – verhält es sich mit der Stimme eines Menschen: Ein lautes, schneidiges Stimmorgan allein ist noch nicht zwingend unsympathisch; erst die Artverwandtschaft mit seinem Inhaber macht es dazu.)

Kurz: Zündels Widerwille, Soldat zu sein, war primär der Widerwille, mit Männern zusammenzusein, die gerne Soldaten, Unteroffiziere und Offiziere waren.

Doch schon im Verlauf der Rekrutenschule hatte sich über dem naturgegebenen Unbehagen ein anderes aufgebaut: Die meisten Vorgesetzten, so glaubte Zündel zu spüren, stellten die Landesverteidigung in den Dienst ihrer Privatneurosen, bestenfalls umgekehrt. Die Freude am Kommandieren und Kontrollieren; das Lechzen nach Gleichschritt und Einheitlichkeit; der erstaunliche Eifer, mit dem für kurze Haare, geschlossene Kragenknöpfe und blanke Gamellen gesorgt wurde – das alles, so wenigstens schien es Zündel, stand in keinem nachvollziehbaren Verhältnis mehr zu Heimatliebe und Landesverteidigung. Es waren Triebhaftigkeiten, die sich irgendwie verselbständigt und den Bezug zum ursprünglichen Ziel verloren hatten. Es waren, mit einem Wort, Perversitäten. So jedenfalls schien es Zündel, der sich im übrigen stets Mühe gab, die Sache recht zu machen, obwohl sich seine Vorbehalte im Lauf der Zeit zu Argumenten auswuchsen, die das einst nur als fremd und lästig Empfundene nun auch ethisch, ja politisch musterten.

Aber fast immer, wenn er mit Anhängern dieser Institution diskutierte, stieß er auf einen Realismus, der so fraglos robust, so erschütternd sattelfest auftrat, daß Zündel sich sekundenweise kindisch vorkam. Sein Staunen darüber, daß Menschen einander immer und ausnahmslos abschlachten, sobald ein paar seelisch verlotterte Vaterfiguren es wünschen, war wohl wirklich ein wenig naiv, und wenn er dann nachts im Bett lag und alles noch einmal der Spur nach überdachte, so wußte er nicht mehr, ob der Sachverhalt, über den er staunte, überhaupt ein Argument für die Richtigkeit seiner Position war oder ob er – der Sachverhalt – nicht vielmehr denen recht gab, die sich dazu entschlossen hatten, ihn, den Sachverhalt, gelassen einzukalkulieren.

Zündel sah, daß es viele Menschen gab, die dazu neigten, mit den vorhandenen Realitäten möglichst zutraulich umzugehen. Diese Anschmiegsamkeit lohnte sich immer, gewährt doch das Bestehende, breitschultrig wie es ist, Geborgenheit und Selbstvertrauen.

Der Realist nämlich hat immer recht. Sofern er die wärmeren Ideale gründlich genug verscharrt hat, erfährt er nur noch Bestätigung. Bricht ein Krieg aus, nickt er geschmeichelt. Er hat es ja immer gesagt. Die Katastrophe gibt ihm recht, und das ist ihr erfreulicher Aspekt. Der Realist hat den Krieg nicht gewollt. Darum war er stets für Rüstung und Aufrüstung. Aber das Unvermeidliche kann auch ein Realist nicht vermeiden, und darum bereitet er sich anständig darauf vor. Und tritt es dann ein, das Unvermeidliche, so ist bewiesen, wie notwendig die Vorkehrungen waren. Der Ernstfall ist ein fairer Kumpel. Wer sich und ihn besonnen vorbereitet, bleibt niemals ohne Lohn.

Als Zündel ins Abteil zurückkam, lehnten die Offiziere tief und schief in ihren Polstern. Beide schlummerten mit offenem Mund. Beide schnarchten, nicht laut, aber hörbar. Mein Gott, dachte Zündel, ich brüte im Speisewagen über militärischen Lebensfragen, und die sägen selig vor sich hin. – Er stieg über drei Beine und setzte sich an seinen Platz.

Leichtfüßig möcht ich werden, dachte er. Frohmütig, beschwingt und unernst, ein Eichhörnchen, mein Gott, ich schaff es nicht, ich schaff es nicht.

Dann schlief auch er ein.

Stimmen weckten ihn halbwegs, klangen wie fernes Geplätscher und blieben ohne Belang. Allmählich verstand er einzelne Wörter, wie »Schwerpunkt« und »Handlungsspielraum«. Endlich blieb ein ganzer Satz an ihm hängen und machte ihn wach: »Der größte Dorn im Auge sind für mich Wehrmänner, welche sich an mir vorbeidrücken, anstatt frisch zu grüßen und mir dabei in die Augen zu blicken.«

Aha, dachte Zündel, das also sind die Sorgen dieser Schnarchbrüder, jetzt wird es spannend. Er blinzelte ein wenig und erschrak. Die zwei Herren standen bereits, hatten die Hüte auf und griffen eben nach ihren schwarzen Mäppchen. Als der Zug zu bremsen begann, verließen sie das Abteil. Die Schiebetür schlossen sie sanft. Zündel schlug die Augen auf und sah, daß man in Bellinzona war.

Er dachte an Zuberbühler. Zuberbühler war die obligatorische Assoziation nicht nur zum Thema

Militär, sondern auch zu Bellinzona. Hier hatte ihn dieser außerordentliche Plattenleger im vorletzten Wiederholungskurs in Bedrängnis gebracht. Abends beim Bier.

Kamerad, hatte er gesagt, du bist in Ordnung, aber du bist ein hoffnungsloser Intellektueller. – Zündel war wütend geworden und hatte entgegnet: Wo ist denn der Unterschied zwischen mir und einem richtigen Arbeiter? Abends bin auch ich müde! Und triebhaft eher am Wochenende. Ich rülpse, ich fluche, ich furze, ich trinke Bier. Lotto mach ich auch. Unzufrieden bin ich auch. Also, was ist denn da so verdammt verschieden? – Zuberbühler hatte ihm auf die Schulter geklopft und gesagt: Bist eben trotzdem ein Intellektueller! – Und Zündel, fast flehend: Aber warum denn? – Zuberbühler, väterlich: Weil du nicht weißt, was dir fehlt. Weil du ins Blaue hinein leidest. Weil du dich und das Universum keine Sekunde in Ruhe läßt. Weil deine Kopfkamera selbst beim Vögeln noch surrt – darum.

Mürrisch hatte Zündel gesagt, er wisse schon, was ihm fehle, aber so husch husch lasse sich das nicht erläutern, und das mit dem Vögeln könne er, Zuberbühler, gar nicht beurteilen, und um sechs Uhr sei Tagwache.

Während des einstündigen Aufenthalts in Mailand saß Zündel wieder im Bahnhofbuffet, auf dem gleichen Stuhl sogar wie vier Tage zuvor. Doch dünkten ihn die Tage Jahre. Er dachte an seinen furchtbaren Fund. Zweimal schon war ihm der Finger im Traum erschienen. Auch wachend bewahrte er das Unerklärliche und wollte warten auf dessen Begreifbarkeit.

Am Nebentischchen saß ein Paar. Der junge Mann trug ein kariertes Hemd. Er schluchzte lautlos. Die Frau streichelte ihm den Nacken, und mit einem orangen Papiertaschentuch trocknete sie ihm die Tränen. – Wie lieb sie ist, dachte Zündel. Weiter nördlich werden die Frauen meist hart, wenn der Mann sich schwach zeigt. – Einmal, vor Jahren, hatte er sich von Magda verlassen geglaubt, war immer tiefer versunken in Verzweiflung und Ohnmacht, hatte gedürstet nach einem einzigen zärtlichen Wort. Endlich hatte Magda sich zu ihm gesetzt (Distanz neunzig Zentimeter) und gesagt: Wir müssen über unsere Beziehung reden! – Und war es diesmal nicht wieder ähnlich gewesen, als er mit seiner Zahnlücke heimkehrte, versehrt, bedrückt, bestohlen? Ach ja, ich sitze also irgendwo, denke an meine Frau, an meinen Beruf, an meine paar Freunde, ich bin entbehrlich im äußersten Grad, ohne viel Selbstmitleid, ohne viel Zukunft. Daß ich existiere, seh ich dem Kellner an, der meine Münzen zählt. – Der Sinn des Lebens. Man hüstelt geniert, wenn der aufs Tapet kommt, und denkt an Pubertät. Aber sie ist klebrig, die Sinnfrage, und besondere Anhänglichkeit beweist sie dem, der sie – negativ natürlich – schon längst beantwortet hat. Ihm nur stellt sie sich. Wie seltsam, daß es Probleme gibt, die gelöst sein müssen, bevor sie sich aufdrängen.

10

In Genua goß es. Er stand unter den Arkaden beim Hauptbahnhof, blickte hinüber und hinauf zum Denkmal des Cristoforo Colombo und dachte: Was soll ich hier? Was soll ich überhaupt? Und woher nahm jener seine Energie? – Ich werde meinen Körper zu einem Hotel schieben müssen, vielleicht er mich. Matt sind wir beide. So komm, es wird dunkel, wir gehn ein Plätzchen suchen, da wollen wir uns hinlegen und anheulen gegen die Tapferkeitsparolen von Jahrtausenden.

Zündel nahm das erstbeste Albergo im Hafenviertel. Das Albergo hieß nur ALBERGO, genaugenommen nur ERGO, denn die ersten drei Buchstaben der Leuchtschrift, die schief über der Eingangstür schwebte, gaben kein Licht mehr ab. Das Zimmer: grenzenlos ungemütlich. Von der wasserfleckigen Decke herab hing ein nackter Neonring. Die Wände waren, wo der Verputz noch haftete, in vergilbtem Hellgrün gehalten. Das Bett war ein Eisenbett, der Stuhl ein Plastikstuhl, schadhaft und hellgrün. Der Kleiderschrank, dessen Türe offenstand, da Schloß und Schlüssel fehlten, war flüchtig überstrichen mit hellgrüner Dispersion. Unter dem Lavabo stand ein kleiner, gelber Kübel aus Plastik. Kein Bild an der Wand. Nicht einmal Jungfrau Maria.

Zündel wollte sich waschen. Der Heißwasserhahn hatte den ewigen Umgang, und dem aufgedrehten Kaltwasserhahn entströmte ein endloses Geblubber, dann aber, als Zündel bereits resigniert hatte, ein winziger Wasserfaden. – Immer dieselbe Taktik, dachte er. Genau wie bei den Frauen. Sie wenden sich ab, und wenn der Mann halb krepiert ist, geben sie ihm den kleinen Finger, und siehe da: der Esel saugt daran und zittert vor Dankbarkeit.

So wusch er sich denn notdürftig. Er merkte, daß er immer an Magda dachte und daß er zusehends elender wurde.

Er legte sich aufs Bett. Und erst jetzt, mit einem Schlag, realisierte er den (vermeintlichen!) Verlust seiner Frau, spürte, wie alles in ihm und um ihn mit ihr zusammenhing, spürte, daß diese Liebe es war, die ihm Kraft gegeben hatte. Und nur schärfer wurde sein Schmerz, als er innewurde, daß der verhängnisvollste, wenn auch begreiflichste aller Fehler darin besteht, einen geliebten Menschen zum alleinigen Sinnspender zu erheben. – Freilich, als Trivialtheorie war diese Einsicht ihm längst geläufig, doch was für Welten trennen das Gewußte vom leibhaft und überfallartig Gefühlten!

Es ist anzunehmen, daß Zündel in sein muffiges Kissen biß und sich die Haare raufte. Daß sein Weh ihn krümmte und kaum atmen ließ. Daß er sich vorkam wie ein zerquetschter, gottverlassener Mistkäfer. Und es ist anzunehmen, daß sein Schmerz nicht zur wonnigen Sorte gehörte, die im Kopf bleibt, aber nicht in die Kehle rutscht, geschweige denn absackt in Herz und Eingeweide. – Wie töricht, wie unempfindlich und erfahrungslos sind jene Menschen, die jedes Leid als Selbstmitleid belächeln und alle Trauer verkleinern zur masochistischen Lust.

(Ich möchte formulieren: In dieser Nacht zerbrach etwas in Zündel. – Aber Vroni, meine Frau, nimmt Anstoß daran und findet, der Satz töne gestanzt. Meinetwegen! Ich bin nur ein Pfarrherr, in meiner Sparte haben Formeln nichts Anrüchiges. Abgesehen davon schreibe ich für mich und auch für den verstummten Konrad, nicht für eine Welt, die Wohlwollen verlernt hat, nicht für eine Welt, die sprachliche Wendungen kritisiert, aber Elend duldet. – Ich bleibe dabei: In dieser ersten Genueser-Nacht muß etwas in Zündel zerbrochen sein, so allerdings, wie ein rissiger, schon vielfach geflickter Tonkrug endlich zerbricht.

Zugegeben, das Bild vom Krug ist nicht sehr originell, und es gibt auch keinen Aufschluß über das zerbrochne Etwas. Es macht nur deutlich, daß brüchig war, was in die Brüche ging. Kann ich's beim Namen nennen, Konrad? Dein Vertrauen war's, dein immer zögerndes, immer enttäuschungsbereites Vertrauen in die Verläßlichkeit von Mensch und Welt. In dieser Nacht packte und schüttelte dich zum letzten Mal das Grauen der Geburt. Und es zerschlug sich vollends deine zaghafte Hoffnung, man könne auch als Abgenabelter und Ausgespuckter sich heimisch fühlen, wenn da nur Liebe sei, Frauenliebe zumal. Doch hielt sie je, was sie versprochen hatte? Stockte sie nicht immer schon im Stadium der Verheißung? Wohl: sie breitete weit die Arme aus – dann aber schlug sie zu. Und das Kind wurde bleich, begann zu würgen und kotzte violetten Brei.)

Am frühen Morgen erwachte Zündel in fast friedlicher Stimmung. Das Gefühl endgültig besiegelter Unzugehörigkeit schien sozusagen entschlackt von Angst und Trotz. An diesem Gefühl, an dieser hellen, einzigen Gewißheit wollte er festhalten. Und träte in Zukunft ein lebenslügnerisches Du-bist-doch-gar-nicht-allein-Geschmeichel an ihn heran – und sei es in noch so betörender Gestalt: er würde sich kein Jota seines Glaubens mehr ablisten lassen. Die Welt – so dachte er nun doch ein bißchen trotzig – die Welt hat mich zum erratischen Block gemacht, sie soll sich die Zähne an mir ausbeißen. An mir zerschellen in Zukunft Weiber und Osterglocken und alles, was mich sonst noch verlogen umgurrt und umbimmelt.

Er verschlenderte den Tag, machte sich vorläufig vertraut mit der riesigen Altstadt. Er zog durch Gassen und Gäßchen. Er genoß den allgegenwärtigen Schmutz. Er fand es ehrlich, daß der Unrat der Menschen hier so unverpackt dalag und stank. Die verwahrlosten Haustüren standen offen, verbargen nicht die noch verwahrlosteren Flure, Treppen, Hinterhöfe. Besonders gut gefielen ihm die Fassaden der Häuser. Sie gaben nichts mehr vor. Sie standen zu sich, trugen ihre in verwesende Pastellfarben sich abschattierende Armseligkeit mit Demut.

Es roch überall nach allem. Zündel merkte, daß er nur viererlei Düfte benennen konnte: Frittieröl, Urin, Fisch und Kot.

Manchmal zupfte ihn eine dicke, auf einem Schemel unter dem Hauseingang sitzende Dirne am Hosenbein, verwittert auch sie.

Brandmager waren die Katzen.

In der Hauptgasse gramselte es von Menschen. Wer allein ging, pfiff. Die andern redeten laut. Die Händler schrien, einige lockten mit scherbelnder Musik. – Es fiel ihm auf, daß an allen Ständen, an denen bespielte Tonbandkassetten zu haben waren, auch Massagestäbe feilgeboten wurden und daß neben den Zigaretten auf den Tischchen der Schwarzmarkthändler immer auch Präservative lagen.

Noch nie hatte Zündel so viele Ganoventypen und offensichtliche Zuhälter gesehen. Sie standen an jeder Ecke, meist auf einem Bein, das andere lehnte abgewinkelt an der Mauer. Sie spähten nach Freiern oder nach Opfern für ihre gefälschten Golduhren und raunten »Haschisch!«, wenn Zündel an ihnen vorbeibummelte.

Mit Erleichterung registrierte er die sichtbare Existenz dieser Unterwelt. Er dachte an seinen geplanten Revolverkauf und sah, daß seine Sorgen unbegründet gewesen waren: Das Geschäft würde problemlos sein und mit Sicherheit klappen. Obwohl es damit nicht eilte, sah er sich schon als Besitzer, und freudig klopfte sein Herz.

Pippo Bar, 10. 7. Der Colt in der Nachttischschublade. Provisorischer Leitfaden: 1. Kann man jederzeit gehen, fällt das Bleiben leichter. 2. Aber nicht kokettieren. 3. Und niemals drohen. 4. Vorher die wollüstigen Trauergemeindephantasien abklingen lassen. 5. Sich aus dem Verkehr ziehen im Wissen um die unermeßliche Teilnahmslosigkeit der Welt. 6. Momentane Verzweiflung gilt nicht. 7. Pfui, doch nicht wegen einer Frau! 8. Überhaupt: Trotz- oder Rachemotive schänden. 9. Anerkannt wird Dauertrübsinn und alles, was tief, ernst, stark und anhaltend nach unten zieht. 10. Gleichwohl: Wenn irgend möglich eine heitere Stunde wählen. Wer weinend geht oder verstört, geht falsch. 11. Nochmals das Banalste bedenken: Diese Art Rückzug ist unwiderruflich. 12. Nochmals bedenken: Erlöst wirst du (im äußersten Glücksfall) als Lebendiger, nicht aber als Toter. Ende und Erlösung sind zweierlei, auch wenn du es anders gelernt hast. 13. Gehe hin in Ruhe und Dankbarkeit. Denn immerhin: Du hast es hinter dir. Und du warst da, hast, obgleich stets als Bedürftiger, gelebt und deine Würzelchen geschlagen.

Früh und müde ging Zündel zu Bett. Aber er lag noch stundenlang wach, wehrte sich vergeblich gegen die aufsteigenden Bilder von Magdas (vermeintlicher!) Untreue, wehrte sich vergeblich gegen seinen Haß, der immer unmäßiger wurde. – Triebhafte Sau, sagte er laut. Niederträchtige Schlampe. Verlogenes Luder. Schamlose Schlitzgeige. Dumme, blöde, falsche, treulose, herzlose, eigensüchtige Kuh.

Er schämte sich sehr und fand sich erschreckend primitiv. Es ist doch alles gar nicht so gemeint, wisperte er und dachte: Wirklich nicht? Wie wollen wir denn jemanden nennen, der seinen Gefährten nach Jahren der Nähe und der Vertrautheit knallfall abserviert? Sich unter Berufung auf das willensunabhängige Wesen der Gefühle aus dem Staub macht? Sich überdies rechtfertigt durch den Hinweis auf das dringliche Bedürfnis nach Selbstfindung? Sich nicht scheut, plötzlich all das heraufzubeschwören, was ungut war an der Beziehung, und all das emsig zusammenzuklauben, was unzulänglich war am Partner? Und wie ehrlich ist diese ganze pompöse Veranstaltung, die den Absprung umrahmt, der ohnehin immer und ausnahmslos zum Purzelbaum in die Arme eines andern gerät? Warum sagt man stets: »Ich habe mich einem andern zugewandt, weil unsere Beziehung kränkelte …«? Warum sagt man nicht: »Ich bin jetzt angewiesen auf deine Fehler und auf das Morsche an unserer Beziehung, denn das entlastet mich und entschuldigt meine Treulosigkeit …«? Wie wollen wir also eine Kreatur nennen, die immer so tut, als sei die nachträgliche Erklärung oder Rechtfertigung ihres Verhaltens auch schon dessen auslösender Beweggrund gewesen?

Zündel grübelte lange, verwarf die vorher benutzten Schimpfwörter und rang sich durch zur einzig gerechten, wenn auch (in seinen Augen) etwas pastoral tönenden Antwort: Wir wollen diese Kreatur einfach Mensch nennen, nicht Sau, nicht Kuh. Einfach Mensch. Denn wir sind alle so, alle. In diesem Zentralpunkt der Lebensführung herrscht ödeste Konformität. Jeder ist ein mehr oder weniger eleganter, mehr oder weniger findiger Bemäntelungsexperte, Entlastungstechniker und Rechtfertigungsspezialist, der noch seine schuftigsten Schritte zu adeln versteht. Jedes Wort ein ausgehusteter Schleimpfropf! Jeder Satz ein öliger Vorwand! Unredlichkeit als Grundform menschlichen Daseins! Unwahrhaftigkeit als Gestaltungsprinzip und zweite Natur! So schwindeln sich alle von Unterschlagung zu Unterschlagung, von Selbstbetrug zu Selbstbetrug, und am Ende schlottert auf jedem Totenbett nichts weiter als ein stinkiger, schmieriger und monströser Klumpen Verlogenheit. – In Ewigkeit. Amen, sagte Zündel, und bald darauf schlief er ein.

11

Zum Frühstück trank er ein Glas Grappa und dann noch eins. – Wie schlage ich mir diesen Samstag um die Ohren? dachte er und war froh, als ihm einfiel, daß sein momentanes Thema die Frau war, im weiteren, versöhnlicheren Sinne der Mensch. – Ich könnte meine nächtlichen Erkenntnisse aufschreiben und sie im Laufe des Tages vervollständigen. Ich könnte von Bar zu Bar ziehen und mich für jeden Gedanken mit einem Schnäpslein belohnen. Vielleicht läppern sich die Einsichten zu einem kleinen Kompendium zusammen? Die nötige Kennerschaft wird mir wohl niemand absprechen, das wäre angesichts einer mehr als dreißigjährigen herben Praxis denn doch der glatte Aberwitz.

Zündel entschloß sich also, an diesem Samstag zu denken und zu trinken. Natürlich wußte er selbst, daß er nicht trinken würde, um sich fürs Denken zu belohnen, sondern weil ihm ums Trinken war und weil er die Verantwortung für das, was er zu denken (und zu notieren) sich vornahm, nicht ganz allein tragen wollte.

Er brauchte Zeit, um die schlaflosen Stunden der vorangegangenen Nacht zu Papier zu bringen, und als er es geschafft hatte und damit zufrieden war, aß er einen Teller Spaghetti, trank einen halben Roten und hielt bis vier Uhr Siesta.

Dann aber zog er los.

Tina Bar, 11.7. Das neue Wörterbuch. Eine Handreichung für mich und andere Nachzügler. Erster Teil. – Einzuprägen: Eigensucht heißt jetzt Selbstentfaltung. Rücksichtnahme heißt Selbstverlust. Roheit heißt Freimut. Treulosigkeit heißt Spontaneität. Charakterlosigkeit heißt Aufgeschlossenheit für alles Neue. Hohlheit heißt Empfänglichkeit. Das Unvermögen, allein zu sein, heißt kommunikative Kompetenz.

Lola Bar, 11.7. Des neuen Wörterbuches zweiter Teil. – Einzuprägen: Flatterhaftigkeit heißt Flexibilität. Hemmungslosigkeit heißt Temperament. Kopflosigkeit heißt Impulsivität. Verführbarkeit heißt Unverklemmtheit. Unzuverlässigkeit heißt Selbstbestimmung. Oberflächlichkeit heißt erfrischende, entwaffnende, wohltuende, unvergrübelte, unkomplizierte Natürlichkeit.

Sereno Bar, 11.7. Des neuen Wörterbuches dritter Teil. – Einzuprägen: Die Angst vor dem Verlust der Geliebten heißt kapitalistisch verseuchtes Besitzdenken. Die Angst vor dem Verlust der Geliebten heißt spießig schofle Eifersucht. Die Angst vor dem Verlust der Geliebten heißt filziger Sexualneid. Die Angst vor dem Verlust der Geliebten heißt infantile Rockzipfelneurose.

Stella Bar, 11.7. Vertraulicher Liebesknigge. Ein Merkblatt für Männer. – Kapitel 1: Willst du sie loswerden, so zeig ihr, daß du sie nötig hast. Möchtest du sie behalten, so zeig ihr, daß du sie loswerden willst. – Kapitel 2: Bist du ein lieber und freundlicher Freund oder Gatte, dann denkt sie: »Er ist ja lieb, er ist ja lieb, aber der Charly – *der* macht mir weiche Knie!« Behandelst du sie schlecht, dann denkt sie: »Er behandelt mich schlecht, aber ich hab ihn einfach so schrecklich gern!« – Kapitel 3: Sagt sie zu dir: »Der Max ist mir sehr sympathisch!«, so kannst du ruhig schlafen. Sagt sie aber: »Ach der mit seinen krummen Beinen!«, so hast du Grund zur Besorgnis. – Kapitel 4: Geht sie fremd, so macht sie dich dafür verantwortlich: Du hast ihre Bedürfnisse nicht abgedeckt. Geht sie nicht fremd, so macht sie dich dafür verantwortlich: Du hast sie eingegittert. – Kapitel 5: Gibst du ihr dein Vertrauen zu spüren, dann sagt sie eines Tages: »Vertrauen ist eine subtile Form der Unterdrückung!« Sagst du ihr aber: »Ich mißtraue dir!«, dann antwortet sie: »Das ist ja das Elend unserer Beziehung!« – Kapitel 6: Bist du eifersüchtig, denkt sie: »Er umklammert mich!« Bist du nicht eifersüchtig, sagt sie: »Du liebst mich also nicht mehr.«

Balbi Bar, 11.7. Fortsetzung. – Kapitel 7: Sie will sich unabhängig machen. Aber Dornröschen bleiben. – Kapitel 8: Sie will Täterin werden. Aber wohler ist ihr als Opfer. – Kapitel 9: Sie will Zärtlichkeit. Aber gern träumt sie Umstandsloseres. – Kapitel 10: Sie will Sicherheit, sie will Geborgenheit. Aber nicht ohne erotische Außenstation, nicht ohne externen Spezi.

Sayonara Bar, 11.7. Anhang. – Ein Beispiel aus dem Reich der Tiere. – Vielleicht zeigt es am anschaulichsten, wozu wir Männer dienen und woher unsere Schwermut stammt. Und schmerzlich führt es vor Augen, wie sich die weiblichen Wesen an Gottes Schöpfung vergehen. Und klar demonstriert es die tiefe Zweideutigkeit und Inkonsequenz der sogenannten Selbstbefreiung. – Item. Letztes Kapitel (Zusammenfassung): Die Mücke mit dem Namen Johanseniella nitida tänzelt verführerisch, bis ein argloses Männchen Feuer fängt, hoffnungsvoll anschwirrt und sich wunschgemäß mit ihr vereinigt. Nun schleckt und knabbert sie an ihm, und wahrscheinlich denkt das Männchen: »Au diese Leidenschaft! Bin ich ein Teufelskerl!« Ja, und dann gehen die vermeintlichen Liebkosungen in Bisse über, sie verwundet ihn, sie zerfleischt ihn, sie beißt ihm nicht nur den Kopf ab, sondern verschlingt ihn mit Haut und Haar. Aber: Heilig ist ihr sein Genitale! Dieses verschont sie. Stöpselhaft steckt es in ihr und ragt es aus ihr heraus, das edle gerettete Glied, und siehe: Sie hegt und bewahrt es.

Gramsci Bar, 11.7., 20 Uhr. – Einseitig? Unreif? Pauschal? Leckt mich, leckt mich doch! Ihr Klugscheißer, ihr affigen! Als ob ich nicht wüßte, daß es auf Erden kein schlechteres, schmutzigeres, böseres, gemeineres, brutaleres Gesindel gibt als die Männer. Daß jedes wirkliche Unheil von ihnen kommt und daß dies die blanke, milliardenfach belegbare Wahrheit ist! Umso schlimmer, umso schlimmer! Umso schlimmer auch für die Frauen, die nicht zurückschrecken vor der letzten und grausigsten Sünde: Sie werden zu Hehlerinnen der Niedertracht und verspüren kaum einen anderen Drang, als sich selbst so pausenlos, so brünstig und so komplizenhaft wie möglich zu verkuppeln an diese Söhne der Finsternis und der Verworfenheit. Ende.

Als Zündel sein Notizbuch aufatmend einsteckte, schaute ihn der Mann, der neben ihm an der Bar saß, freundschaftlich an und sagte: Host Sorgen? – Ein wenig überrascht antwortete Zündel: Es geht. – Frauen? fragte der Fremde warm. Zündel dachte: Ein Österreicher und doch kein Österreicher. Und er sagte ausweichend, aber ohne Unwillen, denn der Mann gefiel ihm: Es gibt auch andere Sorgen. – Sein Nachbar nickte und sagte: Aber eh am meisten Sorgen mochen uns di Frauen, aber si san so lieb und mollig, i hob si gern. – So, ja, ich auch, sagte Zündel, das ist ja der Fluch, aber woher kommst du?

Der Fremde war Spanier, aufgewachsen in Spanien als Sohn eines Spaniers und einer österreichischen Mutter. Serafino hieß er, und tatsächlich wirkte er auf Zündel engelhaft trotz seines schwarzen Haars. Sein Teint war weiß und makellos, die Augen, blau (ultramarin), leuchteten fast verklärt. Nein, ein reineres Gesicht war Konrad nie begegnet. Rein, aber nicht weich, gleichwohl verhalten feminin und dennoch männlich. Und dieser zierlich gebaute Mann war ein Seemann, Matrose auf einem libyschen Frachter, der noch in der gleichen Nacht – um zwei Uhr früh – Richtung Tripolis auslaufen würde.

Konrad und Serafino verbrachten den Abend gemeinsam. Sie tranken viel, sehr viel, Zündel sogar entschieden zu viel, aber was zwischen ihnen entstand, war mehr als billige Brüderschaft. Große Zuneigung verband sie, ein Gefühl der Verwandtschaft, der Vertrautheit, und beiden war, als hätten sie sich schon immer gekannt. Dabei sprachen sie wenig, zu laut war der Musikboxlärm in den Lokalen, die sie besuchten. Einmal fragte Zündel: Glaubst du, man kann sich hier einen Revolver beschaffen, ich meine ohne Waffenschein? – Da zog ihn Serafino hinaus auf die Gasse und sagte: Natürlich, kein Problem! Aber es wäre schade um dich. – Was? fragte Zündel. – Wenn du dich umbrächtest! Du wirst sehen, das Leben ist auch ohne Abkürzung kurz genug. Bist du unglücklich? – Meistens, sagte Zündel. Serafino drückte seine Hand und sagte: Fratello mio.

Sie schlenderten die Hafenstraße entlang, Arm in Arm. Zündel sagte: Die Frau, die ich liebe, ist von mir gegangen, aber ich mochte die Welt schon vorher nicht. – Serafino sagte nach einiger Zeit: Die Traurigen dürfen nicht aussterben, sonst stirbt auch Maria, die Trösterin. – Zündel blieb stehen und fragte: Bist du wirklich Matrose?

Die nächste Bar hieß Crazy Corner und schien ein Treffpunkt von Nordafrikanern. – Umschlagplatz! flüsterte Serafino. – Rauschgift? flüsterte Zündel zurück, und Serafino nickte. Zündel sah nichts Verdächtiges, sah überhaupt nicht mehr viel und spürte, daß der nächste Schnaps ihn fällen würde. Er hielt sich mit beiden Händen an der Theke fest. – Hilfe, alles dreht sich, dachte er, und in diesem Moment wurde es still im Lokal. – Polizei! flüsterte Serafino in Zündels Ohr. Vor dem Eingang hatten zwei Carabinieri Stellung bezogen. Zündel dachte: Hoffentlich folgt eine Razzia mit Schießerei, endlich läuft mal was! – Gleichzeitig merkte er bestürzt, daß er es – wie oft bei reichlichem Alkoholgenuß – urplötzlich ganz enorm pressant hatte. Er trat von einem Bein auf das andere und fragte den Barkeeper stürmisch nach dem WC. – Non c'è, sagt der. – Gott im Himmel, stöhnte Zündel zu Serafino, kein WC, was mach ich jetzt, ich halt's keine Sekunde länger aus! – Geh schnell auf die Gasse, aber piß nicht grad vor den Augen der Bullen, geh um die nächste Ecke! – Zündel sauste hinaus, und es ist klar, daß die beiden verblüfften Carabinieri sofort die Verfolgung aufnahmen. Doch dafür hatte Zündel jetzt keine Augen. Er jagte – schon am Hosenschlitz nestelnd – die Gasse entlang, bog scharf um die nächste Ecke und sah nach etwa zehn Metern linkerhand einen dunklen Hinterhof. Aber die Kette, die auf Oberschenkelhöhe vor diesem Höflein hing, die sah er nicht. – Sein Sturz muß fürchterlich gewesen sein. Nur: Was waren seine Schmerzen, verglichen mit seiner Scham, verglichen mit seiner Verzweiflung über den spontanen

Abgang des Harns! Mit nassen Hosen kniete er auf dem Boden und erbrach sich. Und jetzt trafen auch die Verfolger ein. Sie beleuchteten das Häuflein Elend mit ihren Taschenlampen und schienen schnell zu merken, daß der Flüchtige nichts weiter war als ein Betrunkener, der es aus begreiflichen Gründen besonders eilig gehabt hatte. Immerhin tasteten sie ihn ab, leerten seine Taschen und studierten seine Identitätskarte. – Ah, Svizzero, sagte der eine, und der andere mahnte in gebrochenem Deutsch: Schlafen gehen! – Sie halfen ihm auf die Beine, dann verschwanden sie.

Zündel übergab sich nochmals. Danach war ihm wohler.

Als er bleich und hinkend ins Crazy Corner zurückkam, war nur noch knapp die Hälfte der Gäste anwesend. Der Rest hatte von Zündels Ausbruch profitiert und sich rasch abgesetzt.

Wie siehst du aus! sagte Serafino entsetzt. Du blutest. Und deine Kleider! Komm! – Draußen drückte er Zündel kurz an sich und sagte: Povero, povero amico. – Zündel sagte: So ist das Leben, jedenfalls meines, Ketten, Stürze, Schrammen, und in die Hosen habe ich auch gemacht. Ich muß meine Kleider wechseln.

Serafino wartete in der Pippo Bar, gleich neben Zündels Albergo. Und Zündel wusch sich, zog sich um, schaute in sein Taschenspiegelchen und dachte: Ich bin wirklich ein armer Cheib!

Er roch an seiner Hose. Zum ersten Mal seit dreißig Jahren dachte er an Rölfli Hunkeler, mit dem zusammen er ein Jahr lang den Kindergarten besucht hatte. Rölfli war jeden Morgen um halb elf naß geworden, und keine Macht der Welt hatte ihn dazu bewegen können, rechtzeitig die Toilette aufzusuchen.

Konrad und Serafino tranken noch einen Espresso. Dann fuhren sie mit einem Taxi zum Hafen. Sie saßen auf dem Rücksitz. Serafino hielt Zündels Hand und drückte sie fester, als der Wagen weit draußen vor einem geisterhaften Frachtschiff hielt. – Leb wohl! sagten beide gleichzeitig. – In vier bis fünf Wochen bin ich wieder da, sagte Serafino. – Zündel sagte: Ich hacke mir einen Finger ab. – Warum? fragte Serafino. – Ich weiß es noch nicht, vielleicht, um Marias Trost zu erzwingen. – Serafino sagte: Tu das nicht, sie ist doch bei dir, und wenn du auch mich noch brauchst, so rufe nur, ich habe sechs Flügel.

In seinem Zimmer erbrach sich Zündel erneut. Halbvoll wurde das kleine Lavabo. Er hoffte, die Sache werde versickern, zog sich aus und legte sich ins Bett. Alles tat ihm weh. Alles drehte sich, sobald er die Augen schloß. Trotzdem dachte er: Ich darf nie vergessen, daß es auch Schönes gibt, daß es Warmes gibt, daß es blühende Bäume gibt und gute Menschen. Das alles will ich dankbar lieben. Das alles habe ich schon immer geliebt, anders läßt sich mein Haß auf das Häßliche gar nicht erklären. Vielleicht ist die Intensität der Verneinung ein Gradmesser der Zärtlichkeit. Ja, so wird es sein.

Wer Schlechtes nicht mit Wucht verwirft, weiß nicht, was Liebe ist. Schlaf gut, grauer Konrad.

In nüchternem Zustand hätte ich das Genick gebrochen, dachte er am späten Sonntagmorgen, als er seine Schürfungen, Prellungen, Striemen und Blutergüsse untersuchte. Er konnte sich kaum rühren. Dazu kam der Schnaps, der jetzt so gnadenlos in seinem Schädel hämmerte. Er nahm ein Saridon und schleppte sich durstig zum Lavabo. – Auch das noch! dachte er und schüttelte sich, denn das Mus war nicht versickert. Er mußte es ausschöpfen, und zwar von Hand, und er schöpfte es in den gleichen Plastiksack, in dem schon seine gestrige Unterhose lag. – Wie eigenartig, daß fast alles, was von innen nach außen kommt, so schauderhaft stinkt, dachte er. Den Sack versorgte er im gelben Kübel.

Er zog sich an. Er packte seine Sachen, bezahlte die Rechnung und siedelte über ins Hotel Virginia.

12

Es ist schwierig, die folgende Woche zu rekonstruieren. Wahrscheinlich hat Zündel wenig erlebt und manches geschrieben. Aber da er seine Blätter und Zettel selten datierte, läßt sich kaum ausmachen, was alles er festhielt in diesen Tagen. Datiert (14. 7.) ist die Beschreibung der Warenhausszene in Ancona, der Szene also, die ich aus Gefühlsgründen an den Anfang meines Berichtes gestellt habe. – Datiert (15. 7.) ist auch ein Eintrag, der zeigt, daß Zündel über seinen Vater wohl Bescheid wußte, auch wenn er sein Wissen niemandem, nicht einmal Magda, anvertraut hatte.

Im Wortlaut:

Mich hat gezeugt ein scheinbar loser Vogel, ein menschlich reicher Mann, schalkhaft und melancholisch, tüchtig und träumerisch, schroff und gewinnend, ein sündiger Asket, ein Eremit mit Liebeshunger. Und alles in ihm war spiegelverkehrt: Herz rechts, Blinddarm links, Leber links; medizinisch gesprochen ein Situs inversus. Gibt's auf zehntausend einen, und er war der eine, mein Vater, und ich sein natürlicher Sohn. – Hat mir vererbt seine hellgrauen Augen und ein groß Maß an Zwiespalt. – Ich sah ihn nie, trag nicht mal seinen Namen. (Und er trug nicht den seines Vaters.)

Durch Vermittlung irgendeiner Liga kam er im

Jahre neunzehn – elf Monate alt – als gänzlich undurchsichtiges Kriegsprodukt über irgendeine Schweizergrenze. Machte den Adoptiveltern Fischer das Leben schwer. War ein begabter Querkopf und früh schon ruhelos. Studierte später dies und jenes, schwängerte ein Mädchen, heiratete es, durfte gnadenhalber einsteigen ins Baugeschäft des Schwiegervaters, erwies sich wider Erwarten als fähig im höchsten Grad. Erweiterte mit Umsicht seine kaufmännischen Kenntnisse. Ließ sich von seiner Frau ein weiteres Kindlein schenken. Hatte eine gesicherte Existenz.

Kommt am Vorabend seiner Geschäftsübernahme in die Küche. Sagt: Elisabeth, jetzt hab ich alles, was ich nie wollte: eine Familie, ein Geschäft, eine berechenbare Zukunft. Ich ersticke. Wir wollen sofort packen und neu beginnen, irgendwo. – Mild sagt Elisabeth: Mach nicht solche Späße, Hans.

Hans ist gegangen, allein.

Man hat ihn für verrückt erklärt.

Ein halbes Jahr darauf bekommt Elisabeth einen Liebesbrief ihres Gatten. Er sei in Alexandria, habe eine Stellung gefunden in einer Baumwoll-Exportfirma und erwarte sie und die Kinder mit Sehnsucht.

Elisabeth, inzwischen zwar verhärtet, aber innerlich dennoch schwankend, läßt sich von Verwandten und Bekannten bereden und reist nicht.

Es flattern ein paar Briefe und amtliche Papiere von Bern nach Alexandria, von Alexandria nach Bern. Die Ehe wird geschieden. Er vermählt sich aus unbekannten Gründen mit einem Freudenmädchen armenischer Abkunft. Sie wendet sich aus unbekannten Gründen bald von ihm ab.

Fluchtartig, in tiefster Depression verläßt er Ägypten. Reist auf dem Seeweg nach Genua. Kommt hier Mitte April des Jahres achtundvierzig mit hohem Fieber an. Wird eingeliefert in ein Spital. Wird rasch gesundgepflegt von Schwester Johanna. Die ist sehr jung und warm und hübsch und obendrein noch Schweizerin.

Nie empfundene Leidenschaft beiderseits. Am zweiten Mai feiern sie seinen dreißigsten Geburtstag und versprechen sich Treue. Am dritten Mai sagt er: Morgen muß ich weiter.

Johanna ist entgeistert.

Hans sagt: Nähe wird durch Ferne möglich, und an der Gegenwart krepiert die Leidenschaft. Wenn wir uns trennen, bleiben wir uns. Ich liebe dich, und es ist mir unvorstellbar, ohne dich leben zu müssen.

Am vierten Mai sucht Hans Fischer das Weite. Sein Ziel ist unbekannt.

In Johanna Zündel wütet Schmerz. Sie reist heim zu den Eltern. Sitzt Tag für Tag verstört im Garten. Schneidet sich die Pulsadern auf. Wird gefunden, wird in die Anstalt gesteckt. Dort spürt sie plötzlich, daß etwas in ihr sich bewegt. Von da an geht es ihr besser.

Im eisigen Januar neunundvierzig brachte sie mich zur Welt.

Vergessen hat sie ihn nie. Sie ist ledig geblieben, hat keinen Mann mehr berührt.

Nach vier Jahren war sein erstes Lebenszeichen gekommen. Aus Nordschweden. Er sei ihr treu. Ob sie komme? – Sie hatte nicht die Kraft zur Antwort.

Erst drei Jahre später schrieb sie einen Brief. Sie schrieb: Unser Sohn hat heute seinen siebenten Geburtstag.

Er reagierte sofort, mit viel Geld, mit vielen Sätzen, nur das Wort ›Wiedersehen‹ fehlte diesmal.

Trotzdem reiste sie im folgenden Sommer zu ihm, ohne sich anzukündigen.

Sie hat mir über diese Begegnung bis heute nichts erzählt.

Nun lebt er in Kanada, vorsätzlich einsam, berichtet fast nie.

Seine Schrift gleicht einer Schar aufgeregt flatternder Vögel.

Sein Deutsch ist kauzig.

Vielleicht war er ein Lump.

Einmal muß ich ihn sehn.

13

Am Samstag erst (18.7.) konnte sich Konrad dazu aufraffen, ein paar Worte an Magda zu schreiben. Sie wußte ja nichts über seinen Verbleib und machte sich vielleicht Sorgen, wer weiß. Noch war er schließlich ihr Ehemann.

Am Bahnhofkiosk kaufte er eine nichtssagende Ansichtskarte (verzitterte Luftaufnahme des Hafens) und schrieb: Liebe Magda, unser Kater ist bei Judith, und ich habe ein gut Leben hier, kein böses Wort, und alle Tage Gesottenes und Gebratenes. Gruß, K.

Er warf die Karte in den roten Briefkasten vor der Bahnhofpost. So, dachte er, jetzt hab ich meine Frau zur Ansichtskartenempfängerin degradiert. Sie wird mit Wehmut der dicken Briefe gedenken, die ich ihr früher schrieb.

Unschlüssig durchschlenderte er das Bahnhofareal. Er sah, daß hier alle ein Ziel hatten. Keiner ging im Kreis. Mit gespenstischer Unbeirrbarkeit zog jeder seine Bahn, war fraglos unterwegs. Es schien, als klebte allen ein schnurrendes Motörchen am Gesäß. – Wie ausgesprochen rätselhaft ist das alles, sagte sich Zündel und suchte das Pissoir auf. Während er hinabschaute auf seinen Strahl, dachte er: Nur nicht den Bezug zur Wirklichkeit verlieren! Nur das Staunen nicht übertreiben! Eine Woche lang habe ich mich verkrochen, und schon sind mir die Menschen fremd, schon macht das Selbstverständlichste mich stutzig. Dafür kaufe ich mir jetzt endlich wieder einmal eine Zeitung, bitte, ich bin ja alles andere als ein Vogel Strauß. Ich weiß, daß es Aktuelleres gibt als mich. Ich weiß auch, wie sehr das Weltgeschehen auf unser Mitfiebern angewiesen ist. Was ist ein Boxkampf ohne Publikum? Eine blasse Pantomime! Was ist eine Predigt ohne Gemeinde? Ein absurdes Theater! Was wären Politiker ohne Öffentlichkeit? Reglose Masken aus Karton oder Gips! Ja, es ist anzunehmen, daß die Weltgeschichte ohne uns Zuschauer ins Stocken geriete. Unsere Schaulust ist historisch bedeutsam: Sie motiviert die Täter zu Taten und sorgt damit für einen bunten, zügigen Geschichtsverlauf.

Zündel kaufte sich eine schweizerische Tageszeitung, setzte sich an ein Marmortischchen, bestellte einen Campari, und kaum hatte er mit Interesse zu lesen begonnen, da merkte er, daß sein Auffassungsvermögen reduziert war, daß er ständig stekkenblieb, daß ihn all diese Sätze und Wendungen zwar nicht langweilten, aber ekelten.

Kopfballstark, zinsgeschädigt, dauerbequemtauglich. Tiefe Besorgnis. Langbeinige Eva. Humanitäre Geste. Kadaversammeldienst. Und Talsohlen und Zusatzkredite und Kaltluftfronten.

O Sumpf.

Lockvogelpolitik à la Kreml und faires Angebot des Weißen Hauses und dauerbequemtaugliche

Schutzräume zur Überbrückung von Jammertalsohlen. Und die Wörter stinken, und die Sätze stinken, als ob sie ausgeschlüpft wären aus den hämorrhoidenbekränzten Mastdärmen pestkranker Vollidioten. Der Aktienmarkt ist gut gelaunt, kompromißlos das Dreilagentoilettenpapier, ausgewogen das Marschflugkörperprogramm. Formulierungen stülpen sich röhrend über stöhnende Fakten. Tatsachen spreizen die Schenkel und gewähren korrupten Sprachstücken Einlaß. Das Substantiv hat ein steifes Adjektiv und rammt die Wirklichkeit von hinten. Endlos, schamlos, trostlos paaren sich Sätze und Sachverhalte, und das Produkt dieser Unzucht heißt Zeitung.

Am frühen Mittag packte Zündel sein Badezeug in eine Tasche und fuhr mit dem Bus hinaus nach Nervi. Der Entschluß hatte ihn viel Überwindung gekostet, denn die Hitze war groß, der Körper schwer. Umso zufriedener saß er jetzt auf einer unbequemen, schräg zum Meer abfallenden Felsplatte, rieb sich mit Sonnenschutzcreme ein und dachte: Ich bin daran, meine Ferien aktiv zu gestalten. – Eine Kinderstimme rief: Guck mal Mutti, der Mann dort ist ganz weiß! – Ein paar Meter hinter Konrad lag eine Familie, braungebrannt und deutsch. Die Mutti blickte flüchtig auf den weißhäutigen Zündel und sagte: Uschi komm, wir machen ein bißchen patsche patsche.

Eine italienische Familie war gerade mit dem Ankleiden beschäftigt. So umständlich, daß man hinschauen mußte. Wechselseitige Hilfestellungen sollten ein Sichtbarwerden jener Partien verhindern, die in Italien noch immer zum Privatleben zählen. – Prüd, aber glaubwürdig, fand Zündel. Verklemmt, aber weit herziger als die verbissene Oben-ohne-Ehrlichkeit moderner Strände.

Die deutsche Mutti war inzwischen mit Uschi baden gegangen. Papi las Zeitung: »Schreiendes Baby in Mülltonne entdeckt!«

Dazu fiel Zündel nichts ein. Er vertiefte sich in seine eigene Lektüre, ein Taschenbuch mit dem Titel »Überlebenstraining«. Er merkte sich: Ungewöhnlich gesund, da reich an Protein, sind Regenwürmer. Man wirft sie in kochendes Wasser. Anschließend öffnet man sie mit einem Messer, entfernt den Sand und wäscht sie noch einmal von innen. Dann röstet man sie auf einem glühenden Stein. Beilage: Junge Löwenzahnblätter.

Jetzt kam Mutti mit Uschi zurück. Uschi war in einen Seeigel getreten und schrie. Papi sagte: Man kann doch aufpassen, zum Teufel, wofür hast du denn deine Augen! – Mensch reg dich mal nicht so auf, das kann jedem passieren, sagte Mutti. Papi sagte: Nee, man kann doch achtgeben! – Dann ging er brummend baden.

Zündel merkte sich: Niemals Urin trinken! Im äußersten Notfall (Wüste!!) kann man aus Urin Trinkwasser zubereiten: Man uriniert in ein ausgebuddeltes Sandloch und wird sehen, wie die giftige Flüssigkeit sofort versickert. Nun stellt man ein Gefäß auf den Grund der Sandmulde und zieht ein trichterförmiges Stück Kunststoff über den Behälter. Während die Schadstoffe im Boden bleiben, wird die Flüssigkeit von der Sonnenhitze aus dem Boden an die Oberfläche gesaugt, schlägt sich an der aufgespannten Folie nieder und tropft ins Gefäß. –

Das Kind heulte noch immer.

Schon kam der Vater vom Baden zurück. Er humpelte stark und rief: Es muß doch eine Behörde geben, die für die Sicherheit dieses verfluchten Strandes verantwortlich ist. Ich werde mich beschweren. Hast du eine Pinzette dabei, Mutti? Seeigelstacheln können zu einer Blutvergiftung führen! – Nee, hab ich nicht dabei, Schatzi, die ist im Hotel, sagte Mutti. Tut's denn arg weh?

Nun stieg auch Zündel ins Meer, und trotz der gelben Schaumkronen, die ihn umzingelten, genoß er die Abkühlung. Beim Landen hielt er die Augen offen, trat aber dennoch erwartungsgemäß auf einen Seeigel.

Auf dem Rückweg zu seinem Plätzchen unterließ er das Hinken aus Angst, der Deutsche könnte ihn in ein Gespräch über die Schlampigkeit italienischer Behörden verwickeln. Der Deutsche aber saß jetzt, seiner Frau den nach vorn gebeugten Rücken zuwendend, zwischen ihren Beinen und ließ sich von ihr seine Mitesser ausdrücken. Die langen weißen Würstchen waren für Zündel das Zeichen zum Aufbruch.

Versalzen und klebrig kam er im Hotel an. Sofort zog er sich bis auf die Unterhosen aus, warf sich das

Frottiertuch über die Schultern und eilte zur Etagendusche. Kurz davor verlangsamte er seine Schritte, und fast instinktiv spitzte er die Ohren. Aus dem Duschraum vernahm er ein Geräusch, das tönte wie das Hecheln eines Hundes an einem schwülen Sommertag. Er horchte genauer: Da drinnen wurde schnell und zweistimmig geschnauft! Potz Blitz, dachte Zündel und hüpfte von einem Fuß auf den andern, denn er sah, daß das Schlüsselloch ungewöhnlich groß war. – Normal, so dachte er, normal wäre nun wahrscheinlich ein stiller Rückzug, während ein Augenscheinchen wahrscheinlich bereits ans Abartige grenzen würde. Soll ich oder soll ich nicht? – Das Schnaufen wurde laut und rhythmisch, und jetzt bückte sich Zündel unwillkürlich, drückte das rechte Auge zu und schaute mit dem linken durch das Schlüsselloch. Er sah: Eine rosagekachelte Wand. Sonst nichts. – In diesem Moment geschah das ganz und gar Grauenhafte. Zündel bekam von hinten einen gewaltigen Fußtritt und krachte mit dem Stirnbein gegen die Tür. Eine Sekunde lang herrschte Totenstille, drinnen wie draußen, aber noch ehe sich Zündel – schlotternd vor Schreck und Scham – vollends aufgerichtet hatte, begann ihn eine hohe Stimme zu beschimpfen. Es war die Putzfrau, erkennbar an Schrubber und Eimer. Und der Ertappte stand betäubt vor ihr und stierte auf ihre Sandalen. Auch das lebhafte Paar in der Duschkabine schien unter Schock zu stehen, gab jedenfalls keinen Laut mehr von sich. Vielleicht waren es Ausländer, die den Genueser Dialekt der

Putzfrau nicht verstanden hatten und das ganze Gepolter und Gezeter auf sich und ihre Tätigkeit bezogen? Wie dem auch sei, Zündel konnte sich schließlich von der Rächerin lösen und zog sich zuerst langsam, dann aber sehr hurtig in sein Zimmer zurück. Er verriegelte die Tür, setzte sich mit ausgetrocknetem Mund aufs Bett und fand, er sei für alle Zukunft menschlich erledigt. Er befühlte das Horn an der Stirn. Er dachte an seine Strandlektüre. Er ächzte. Vielleicht wurde die Hotelleitung jetzt gerade informiert über die Existenz eines Unholds im zweiten Stock und ermittelte nun aufgrund des Signalements die Zimmernummer?

Zündel wartete.

Es klopfte niemand.

Nach einer Stunde wusch er sich am Lavabo.

Er war hungrig, traute sich aber nicht aus dem Zimmer und entschloß sich, auf das Nachtessen zu verzichten.

Er kroch unter die Decke.

Fuß und Stirne schmerzten.

Wie einsam ich bin, dachte er, und das schreiende Baby in der Mülltonne kam ihm in den Sinn.

Später sagte er zehnmal hintereinander: Tierkörperbeseitigungsanlage.

Eine schlechte Nacht. Schlechte Träume, Zahnweh, Durst und eine verstopfte Nase.

14

Wieder folgen – sieht man vom Freitag ab – ereignisarme Tage. Früh am Sonntagmorgen hatte Zündel das Hotel Virginia verlassen und logierte nun im Albergo Armonia. Hier schrieb er viel, beschrieb mit blauer Tinte einiges von dem, was ihm in den vergangenen zwei Wochen äußerlich und innerlich widerfahren war oder was ihn sonstwie umtrieb.

Mit blauer Tinte: Zündel mußte sich eine Füllfeder gekauft haben; alle früheren und auch die paar späteren Aufzeichnungen aus der Zeit des Genueser Aufenthalts sind mit feinem, schwarzem Filzstift abgefaßt.

Von einer weiteren und fast alarmierenden Merkwürdigkeit dieser Armonia-Notizen ist zu berichten: Am Schluß eines Abschnitts – oft schon nach einem Satz – kommentierte Konrad das Geschriebene sofort mit dem Ausdruck »Ach Scheißdreck«. – Zeitweise schien es für ihn keine Äußerung mehr zu geben, die nicht angefochten zu werden verdiente, keine Feststellung, die diesen Namen zu Recht hätte tragen dürfen.

Eine Passage im Wortlaut:

Die Wirklichkeit – seelenruhig fürchterlicher und unbeschreiblicher werdend von Tag zu Tag – zwingt entweder zu totalem Rückzug oder zum jaulenden Anarchismus. –

Weder vermag ich den Weltlauf abzulenken in die Richtung eines tragbaren Ideals, noch vermag ich das Ideal so abzubauen, daß, an ihm gemessen, der Weltlauf tragbar erschiene. – Ach Scheißdreck.

Der Lebensabend beginnt bei der Geburt. – Ach …

Der Gemütslage auf die Spur kommen! (Vgl. Zuberbühler: Du weißt nicht, was dir fehlt!) Mögliche Spuren: Die Frau. Der Beruf. Die Lage der Welt. Die Arglist der Zeit. Das Wetter. Der Stiftzahn. Das Horn an der Stirn. Eine Unfreundlichkeit. Der Wohnblock. Der Werbeblock. Das Tram. Ein Supermarkt. Die Menschen, die Menschen, die Schmocker-Menschen, die Polit-Menschen, die breiten Staturen, die vereinigte Sachzwang-Lobby, die Grobiane, die Gröler, die Bluffer, die Blender, die ewigen ewigen Wölfe.

Vielleicht auch: Das Erbe des Vaters. Die Schwangerschaft der Mutter. Meine Wintergeburt. Saturn? – Ach …

Stumpfsinn ist ein exaktes Wort, ich liebe es. –

Nur das Nein hält wach, aber die Kraft, aber die Kraft. – Das Überlebenstraining beginnt bei der Geburt. –

Aufhören ist feig. Weitermachen ist feig. Aufhören ist tapfer. Weitermachen ist tapfer. Und das Leben ist eine Frage der Wortwahl. – Ach Scheißdreck!

Aus weiß Gott was für einer Stimmung heraus – Lust wird es kaum gewesen sein – ging Zündel am

Freitagabend zum ersten Mal in seinem Leben mit einer Dirne. Sie hatte ihn auf der Gasse angesprochen, und er war gegen seine Gewohnheit stehengeblieben und hatte halb schüchtern, halb weltmännisch gefragt, was es koste.

Als er dann, während er hinter ihr herzottelte, an das Bevorstehende dachte, wurde ihm bang. Er wollte es nicht. Er konnte es nicht, und schon jetzt, nach nicht einmal fünfzig Metern, begriff er keinen, der das wollte und konnte. – Warum blüht dieses Gewerbe? Sind die Männer denn Tiere? Oder Automaten? Oder Triebtäter, die auf Zärtlichkeit pfeifen und nicht Herr sind über ihr feuriges Zäpfchen?

Mittlerweile hatte man einen fast finsteren Hinterhof überquert, und jetzt noch abzuspringen schien Zündel unmöglich. Die Frau, die sich immer wieder einmal nach ihm umgeblickt und dabei wie eine Schlange gezüngelt hatte – vermutlich im Glauben, ihn damit auf Trab zu bringen –, trat nun in einen langen, schwach erleuchteten Korridor, an dessen Ende sich eine Portierloge befand. Offenbar ein Stundenhotel, dachte der nachkommende Zündel, und im gleichen Augenblick merkte er mit Entsetzen, wo er war. Armonia! knirschte er innerlich, aber der dürre Portier strahlte zum ersten Mal und rief mit Donnerstimme: »Benvenuto Signor Sündel!« – Zündel hatte einen Schweißausbruch, hauchte »buona sera«, verwünschte seine Unternehmungslust, seine Blindheit, verwünschte alle Hintereingänge und fand, ihm bleibe keine Schmach erspart.

Irgendwo ging es ein schmales Wendeltreppchen hoch, dann links, dann rechts, und dann hinein ins Zimmer der Frau.

Sie schloß die Tür und verlangte das Geld. Sie sagte, es koste ein wenig mehr als abgemacht, dafür amore italiano. – Zündel fragte sich, ob amore italiano wohl die Bezeichnung für jene Liebespraktik sei, die ihm unter dem Namen ›französische Liebe‹ bekannt war. Er hoffte es nicht und zahlte. Sie zog sich Rock und Höschen aus, ging zum Lavabo und wusch sich flüchtig mit einem grünen Schwamm. Zündel schaute sich um. Sein Blick blieb haften auf dem gelben, geflochtenen Plastikpapierkorb, der neben dem Bett stand und halb voll war mit gebrauchten Präservativen. Er bekam Gänsehaut. Die Frau trat zu ihm heran und öffnete den Reißverschluß seiner Hose. Sie sagte mechanisch: Amore amore. Sofort zog er den Reißverschluß wieder hoch. Jetzt legte sie sich aufs Bett und tat die Beine auseinander. Sie zuckte ein paarmal mit dem Unterleib und stöhnte verführerisch dazu. Er trat an den Bettrand, sah sie an. Das einzig Natürliche, das einzig Liebenswerte an ihr war ihre Häßlichkeit, alles andere schien ihm tot. – Gefall ich dir nicht? fragte sie und griff erneut nach seinem Reißverschluß. Er blickte auf die unzähligen blauen Äderchen an ihren Oberschenkeln. Doch doch, sagte er, aber ich habe keine Lust. – Sie schnellte hoch und schrie: Und das Geld? – Das gehört dir, sagte Zündel, ging rasch hinaus und suchte traurig sein Zimmer.

15

Die letzte Ferienwoche brach an. Er begriff immer weniger, warum er damals, nachdem ihm sein Zahnarzt einen provisorischen Stiftzahn eingesetzt hatte, nicht doch noch nach Griechenland gereist war. Die schönsten Julitage verhockte oder verdöste er in muffigen Pensionen, verbummelte er in Gassen, die ihm immer enger, immer trübseliger vorkamen.

Das Elendsgefühl beim Erwachen wurde täglich aufdringlicher, so daß er oft bis elf, zwölf oder gar zwei Uhr im Bett blieb und auf Erlösung wartete. Doch benebelte das halbwache Brüten Kopf und Glieder noch mehr. Es war ihm dann, als liege er, von Schlingpflanzen umrankt, in einem lauen Tümpel und dämmere reglos der Verwesung entgegen.

An Magda dachte er wenig. Die Anfälle aggressiver Sehnsucht waren selten geworden. Seine Frau schien ihm jetzt fast so fern wie der Hund, der ihn vor zwei Jahren auf einer Wanderung im Berner Oberland gebissen hatte.

Fern, sehr fern war ihm auch die Schule. In weniger als einer Woche würde der Unterricht wieder beginnen. Unvorstellbar. Unvorstellbar, reden, reden, reden zu müssen trotz rasender Stummheitswünsche. – Guten Tag miteinander, so, schöne Ferien gehabt? Gut, dann beginnen wir jetzt frisch und ausgeruht und haselnußbraun mit dem Dreißigjährigen Krieg.

Und wieder im Lehrerzimmer sitzen, umplätschert von Konversation, ummurmelt von Kundgaben. Das rechte Ohr hört: Ein williger Schüler, schwach, aber willig. – Das linke Ohr hört: Streß ist auch nur ein Schlagwort. – Das rechte Ohr hört: Aufs Grillieren verstehen sich die Jugoslawen. – Das linke Ohr hört: Nach Duden ist der Dativ zulässig.

Unvorstellbar.

Und wieder im Schmocker-Block wohnen! Täglich das Treppenhaus. Rosenkohl bei Lustenbergers. Abends Trompete vom Schmocker junior. Magda deckt den Tisch für das Frühstück. Spätausgabe der Tagesschau: Abriß aktueller Brutalitäten. Zähne putzen. Ein letztes Mal Wasser lösen, dabei ein zehntausendstes Mal die Aufschrift lesen: Ihr Klosettdeckel ist nicht angeschraubt, sondern aufgesteckt. Er ist also problemlos zu reinigen.

Unvorstellbar.

16

Portofino ist weltberühmt, und am Mittwoch gelang es Zündel, um neun Uhr aufzustehen. – Heute gibt's einen richtigen Ausflug, alter Bleichschnabel! sagte er in den Spiegel hinein. Wir fahren nach Portofino. Der Nietzsche war auch dort. Und der unstete Geist eines französischen Dichters fand Ruhe an jenem Ort. Avanti!

Mit dem Zug nach Santa Margherita. Palmen, Orangenbäume, Touristen. Weiter mit Schiff oder Bus. Sagen wir Schiff. Bus ist Alltag, Schiff ist Urlaub.

Viele viele Menschen stehen wartend auf der Mole. Auch eine Reisegruppe aus Deutschland. Welch eine Sprache! denkt Zündel und stellt im stillen eine Gleichung auf: Italienisch zu Deutsch gleich Kaninchenhaar zu Wildschweinborste. Oder: Italienisch zu Deutsch gleich Ballettpantoffel zu Nagelschuh, gleich Kirsche zu Knoblauch.

Und jetzt kommt das Schiff, tutet, legt an, und mit sich überschlagender Stimme brüllt der deutsche Reiseführer: Oberdeck besetzen!

Zündel nimmt den Bus.

Das also ist Portofino. Souvenirstände, Boutiquen, Jachten, Jollen und Fototouristen, sonst aber wirklich sehr pittoresk. Da flickt sogar ein Fischer sein schadhaftes Netz, ein schnappschußwürdiger Bursche mit Brusthaar und sehnigen Sehnen.

Konrad hat ein freies Tischchen gefunden unter einem Sonnenschirm. Er bestellt Cappuccino. Wie eine belebte Bühne liegt die Piazza vor ihm.

Er raucht und schaut und fühlt sich wohl. Minutenlang gefallen ihm die Menschen. Auch die Frauen. Vor allem die Frauen. Vor allem jene, die jetzt so harmonisch über den Platz geht oder vielmehr schwebt, jetzt stehenbleibt, jetzt weiterschwebt im stumpfen Winkel zu ihrer vorigen Bahn, das heißt: direkt auf Zündel zu.

O Lohn der Menschenliebe. O Schreck. Sie setzt sich an mein Tischchen! Legt einfach ihre Hand auf meinen Arm! Sagt einfach: Bonjour, ça va? –

Er schluckt leer und sagt: Oui. – Sie sagt: Tu es Suisse, n'est-ce pas? – Er stottert nochmals: Oui. – (Kein Zweifel, daß sie mich bodenlos fad findet und ihren Mißgriff bereut.) Aber sie lächelt ihn an und flüstert: Tu me plais. – Darauf kann er nicht einmal oui sagen. Nippt nur verstört an seinem Cappuccino.

Sie sagt auf deutsch – und ihr Akzent ist süß: Ich heiße Nadine, nein, ich heiße Eve – weißt du was: sag mir Nounou! Nounou nennt mich noch niemand.

Plötzlich fühlt Konrad sich freier. Er sagt: Und ich heiße Traugott, aber das ist für dich etwas schwer auszusprechen, nenn mich doch einfach Pansoti! Das ist eine ligurische Teigwarenspezialität, die ich besonders gern esse.

Nounou kichert und fragt: Weißt du, was ›Nounou‹ ist? – Nein, sagt Zündel. – Sie sagt: Nounou ist der Name einer griechischen Büchsenmilch, die ich besonders gern trinke. – Bist du Griechin? fragt er. – Zum Teil, antwortet sie, aber bitte frag mich nicht aus! Kommst du zu mir essen? – Zündel, verwirrt: Wohnst du denn hier? – Nounou wiederholt: Kommst du zu mir essen? – Er fragt: Wann denn? – Sie sagt: Jetzt, heute, heute abend! – Er überlegt, und bevor er antworten kann, steht sie auf und sagt: Eh bien, dann eben nicht. – Zündel rasch: Doch, gern, ich komme gern! – Langsam und leise sagt Nounou: Aber nicht heute! – Und grußlos geht sie weg.

Er bleibt benommen sitzen. Sieht, wie die zwei schwammigen Schweizer am Nebentisch seiner entschwebenden Nounou nachgaffen, hört, wie der eine sagt: Ganz passabel!, hört, wie der andere sagt: Die Beine dürften länger sein! – und seine Verblüffung über Nounous Verhalten weicht der Wut über diese dickarschigen Kerle und der Empörung über die unglaubliche Selbstverständlichkeit, mit der die abstoßendsten Männer ästhetische Urteile über Frauen abgeben.

Die Typen wollen zahlen. Herrisch rufen sie den Kellner. Sie reden in jenem Deutsch zu ihm, von dem Deutschsprachige glauben, die Italiener verstünden es besonders gut. Sie sagen: Du aufpassen, du uns nicht bescheißen! – Der Kellner geht nicht darauf ein und nennt den Preis. Sie finden ihn unverschämt, den Preis, und maulen herum. Schließlich bezahlen sie. Schließlich stehen sie auf, und im Aufstehen sacken sie heimlich die Mokkalöffel ein.

Zündel hat es gesehen.

Er hat nicht geschwiegen.

Er hat gesagt: Legen Sie die Löffel wieder hin, sonst mache ich Lärm.

Froschäugig haben die beiden ihn angeglotzt, haben wie Idioten gegrinst und die Löffelchen schnell wieder hingelegt.

Bravo Zündel! hat Zündel gedacht. Endlich ein Sieg!

Er trank zwei Mandelschnäpse.

Dann kam Nounou zurück, nahm sein Gesicht zwischen ihre Hände und sagte: Bonjour Pansoti! – Er gab keine Antwort, aber er dachte: Du kapriziöse Büchsenmilch. – Sie sah ihn forschend an mit ihren braun-orangen Augen und wisperte: On y va?

Ihre Wohnung in der Altstadt von Rapallo war düster und winzig. Nounou legte eine verkratzte Flamenco-Platte auf und flocht ihr schwarzes Haar zu einem Zopf. Dann kochte sie Reis. Hin und wieder öffnete sie ein Glas mit Heidelbeerkonfitüre, steckte den Mittelfinger hinein und schleckte ihn ab.

Zündel sah ihr vom Stübchen aus zu. Er saß in einem ledernen Fauteuil, der die Form eines Boxhandschuhs hatte. Auf dem Boden lagen unzählige teils nur vorgedruckte, teils schon kolorierte Blätter, die alle das gleiche Motiv zeigten: Schiffchen in einer Bucht vor einer Strandpromenade mit Palmen vor einer malerischen Häuserkulisse vor einem Schäfchenwolkenhimmel. – Du meine Güte! dachte Zündel, und Nounou rief im selben Augenblick: Ich lebe davon, den Menschen gefällt das! – Er rief zurück: Warum kannst du so gut Deutsch? – Nounou rief: Laß mich in Ruhe! – Darf ich wenigstens rauchen? fragte er. Sie antwortete nicht, sondern hüpfte auf einem Bein in die Stube und küßte Konrad auf den Mund. Dann setzte sie sich im Schneidersitz auf den Boden und blickte minutenlang ins Leere. Ehe sie wieder aufstand, um sich um den Reis zu kümmern, sagte sie: Immer rede ich nicht viel.

Ihre Stimme war dunkel und schön.

Zündel aß wenig. Ihm fehlte seit Tagen der Hunger. Dem Wein aber sprach er zu, bis seine Verspanntheit sich löste. – Der Alkohol macht mich gegenwartstauglich, sagte er zu Nounou. Nach fünf bis sechs Gläsern verliert der Polizeihund in meinem Gehirn fast alle Zähne. Nach weiteren zwei Gläsern hört er zu knurren auf, und die Gegenwart wird geschichtslos und seidig. Vielleicht ist die Liebe zum Alkohol das Produkt einer Kultur, die jede Lebensminute für kommentarbedürftig und für kontrollwürdig und für rechtfertigungspflichtig erklärt. – Schwatze ich dir zuviel? – Nounou sagte: Ich hatte eine Schulfreundin. In ihrem Zimmer hingen drei große Tafeln. Eine über dem Bett, eine über ihrem Arbeitstisch und eine an der Tür. Auf jeder dieser Tafeln stand der gleiche Spruch. Später, an ihrem einundzwanzigsten Geburtstag, schluckte sie achtzig Schmerztabletten. Beatrice hieß sie.

Nounou verstummte, und Zündel fragte ungeduldig, was denn auf den Tafeln gestanden habe. – Rate! sagte sie. Er riet: ›Hab Sonne im Herzen‹? – Falsch, ganz falsch! – ›Arbeit macht frei‹? – Nein! – ›Sündige niemals‹? – Schon besser! – ›Der liebe Gott sieht alles‹? – Beinahe! sagte Nounou, aber es fehlt noch die pädagogische Raffinesse. – So sag es endlich! rief Konrad. – Küß mich, und ich sag es dir! versprach sie. Er beugte sich sofort über den Tisch, aber bevor er bei ihren Lippen angelangt war, riß sie die Arme hoch, stieß ihn zurück und schrie entrüstet: Was würde Jesus dazu sagen? – Einen Moment lang war Zündel so verdattert, daß Nounou vor Freude quietschte. – Jetzt weißt du's! sagte sie. Arme Beatrice. Jesus war ihr Polizeihund.

Nach einer Weile sagte er: Solche Eltern gehören ausgepeitscht! – Nein! sagte sie. – Doch! sagte er. – Nein, sagte sie, alle Eltern gehören ausgepeitscht, denn alle machen alles falsch! Aber da die meisten Menschen für die Fehler ihrer Eltern dankbar sind, weil diese Fehler die eigenen Fehler entschuldigen, gehören die Eltern doch nicht ausgepeitscht. Voilà. Und nun willst du also mit mir schlafen?

Davon weiß ich nichts, sagte er. – Aber ich! erklärte Nounou. Ich weiß es. Ihr habt immer erotische Hintergedanken. Ihr redet einen Abend lang mit einer Frau, aber all eure Sätze haben etwas Lauerndes, und eure Augen verraten heimlichen Verdruß darüber, daß all diese Sätze, die das Zupacken bloß hinauszögern, überhaupt nötig sind.

Zündel sagte: Es war einmal ein Mütterchen, das hatte sieben junge Töchterchen. Eines Tages rief sie alle sieben herbei und sprach: Liebe Töchterchen, seid auf eurer Hut vor den Männern, denn die wollen immer nur das Eine von euch. Die Bösewichte verstellen sich zwar oft, aber an ihrem rauhen Organ könnt ihr ihre Absicht erkennen! – Was ist ein Organ? fragten neugierig die Töchterchen. Das Mütterchen sprach: Ich muß jetzt gehen, sonst verpasse ich das Postauto. – Die braven Töchterchen sagten: Liebe Mutter, wir wollen uns in acht nehmen, heute und immerdar!

Haha! erwiderte Nounou und streckte Zündel die Zunge heraus. Dann verschwand sie im Schlafzimmer. Kurz danach stand sie nackt und dicht vor ihm und sagte: Je suis jolie, n'est-ce pas, Pansoti, je suis jolie! – Aber er berührte sie nicht und sagte: Du bist so nah, ich kann dich gar nicht sehen. – Nounou sagte: Je suis nue, mais toi aussi, Pansoti, toi aussi tu es perdu! – Du hast recht, sagte er bewegt, du hast recht.

Später lagen sie wie Bruder und Schwester im Bett. Nounou sagte: Jetzt begreife ich plötzlich meinen Mann. Er hat immer ganz anders empfunden als ich, ich meine sexuell, ich meine seelisch. Interessiert es dich? Kurz und gut. Mein Mann hatte immer dann Lust, mit mir zu schlafen, wenn wir einander fremd waren, wenn also irgendwelche Spannungen, Verstimmtheiten, Disharmonien unser Verhältnis stör-ten und jeden von uns hinter die eignen Grenzen zurückwarfen. Es war dann, als hingen zwei Käfige in der Stube, und in jedem saß ein Kanarienvogel und pickte gekränkt und wütend und sehnsüchtig und verlegen am Gitter herum. Also. In solchen Situationen wollte mein Mann mich spüren – und ich ihn nicht. Ich wollte ihn spüren, wenn wir uns seelisch ganz nah waren, als körperliche Bestätigung quasi. Er aber hatte gerade dann kein Bedürfnis nach meinem Körper. Die seelische Harmonie schien seinen Trieb zu lähmen, während sie meinen weckte. Für ihn war Sexualität ein Mittel, um Fremdheit zu beseitigen, für mich ist sie ein Ausdruck vorhandener Nähe. Voilà. Wir mußten uns trennen. Schläfst du? – Nein, sagte Zündel. – Bin ich eine Plaudertasche? – Nein, sagte er, ich höre dir gern zu. – Möchtest du von dir erzählen? – Eigentlich nicht, antwortete er. – Sie fragte: Soll ich die Kerze ausblasen? – Konrad sagte: Und warum begreifst du jetzt plötzlich deinen Mann? – Weil es mir mit dir ähnlich geht wie ihm mit mir. Du bist mir so seltsam vertraut und nah, daß mir eine heftige Berührung fast zerstörerisch, jedenfalls überflüssig vorkäme. – Ja, seufzte Zündel, die Fleischeslust ist recht und gut, aber auch ich habe dieser Art von Grenzüberschreitung nie so ganz getraut. Die aufeinanderklatschenden Körper bleiben sich Fremdkörper, vielleicht wirkt der sogenannte Geschlechtsakt darum so absurd und trotzig, und vielleicht ist das der Grund dafür, warum sich jeder vernünftige Mensch auch nach der scheinbar gelungensten Verschmelzung ein bißchen geprellt fühlt. Wo ist er jetzt? – Wer? fragte Nounou. – Dein Mann. – Er ist tot, sagte sie. Drei Monate nach unserer Trennung stürzte er in den Dolomiten ab. Übrigens war er Schweizer wie du. Er glich dir sogar. Als ich dich heute mittag so verlassen an deinem Tischchen sitzen sah, erschrak ich, so sehr fühlte ich mich an Martin erinnert. – Zündel sagte: Für mich ist das ein wenig traurig. – Warum denn? fragte sie. – Du hast mich nicht meinetwegen, sondern seinetwegen gern. Ich bin nur Ersatz. – Das ist doch immer so, du dummer Pansoti, sagte Nounou und küßte ihn auf die Augen. Jedes Liebespaar besteht aus zwei Lückenbüßern! Liebe kann gar nichts anderes sein als die gegenseitige Bereitschaft, dem andern das Original zu ersetzen! – Du spinnst ja, sagte Zündel, und Nounou fragte schläfrig: Meinst du? – Nach einer langen Pause bat sie ihn, die Heidelbeerkonfitüre in der Küche zu holen, sie habe so schrecklich Lust. Als er mit Büchse und Löffel zurückkam, schlief sie schon tief.

Er nahm seine Kleider, zerquetschte die Flamme der Kerze zwischen Daumen und Zeigefinger, schlich aus dem Zimmer und schloß leise die Tür. Im Stübchen machte er Licht. Dann zog er sich an. Er suchte ein Blatt Papier und setzte sich an den Tisch.

Nounou, ich muß weg. Morgen wären vielleicht schon hundert Messer nötig, um uns auseinanderzuschneiden, und übermorgen tausend. Ich habe mir neulich versprochen, unzugehörig zu sein und an keiner Himmelfahrt mehr teilzunehmen. Meine Fallschirme sind verbraucht. Mein verfluchter Schädel wittert hinter jedem Paradies einen Miststock. Adieu, Nounou, je t'embrasse. Pansoti.

17

Zündel eilte in nordwestlicher Richtung aus der Stadt. Er folgte der kurvenreichen Küstenstraße, die Rapallo mit Santa Margherita verbindet. Linkerhand lag grau und wellenlos das Meer. Es war drei Uhr früh. – Ich könnte jubeln, dachte er, ich könnte aber auch heulen. Scheiden tut weh und erleichtert das Herz. Ein Abschied schwächt und beschwingt.

In der kleinen Bucht von San Michele setzte er sich auf eine Steinbank, rauchte und schaute aufs Meer. Er versuchte, nichts zu denken, um nicht das denken zu müssen, was – wie er glaubte – jeder andere in dieser Standardsituation auch gedacht hätte. Statt dessen versuchte er eine Weile lang, seine Umwelt sprach- und gedankenlos wahrzunehmen, merkte aber schnell, daß er es nicht konnte, fragte sich, ob dies anderen gelänge, wußte plötzlich nicht mehr, ob der Mensch vier, fünf, sechs oder sieben Sinne habe, dachte, das sei eigentlich eine Schande, aber symptomatisch für eine Kopfkultur; dachte dieses, dachte jenes, sprang auf und schiffte hässig ins Meer.

Während des Weiterwanderns stellte er sich vor, er sitze mit Nounou beim Frühstück.

Nounou sagt: Wie wär's mit einem Spielchen?

Er sagt: Einverstanden.

Nounou sagt: Ich stelle dir eine Frage, und du mußt sie beantworten. Ist deine Antwort richtig oder wenigstens gut, bekommst du ein Zündholz. Dann darfst du mich etwas fragen. Wenn meine Antwort richtig oder wenigstens gut ist, bekomme ich ein Zündholz. Wer zuerst fünf Zündhölzer hat, hat gewonnen.

Er sagt: Einverstanden, du kannst anfangen!

Nounou fragt: Was ist das Unheimlichste?

Er antwortet: Ein langer Kuß bei offenen Augen.

Sie schiebt ihm ein Zündholz zu.

Er fragt: Wie ist es zu erklären, daß sich von hundert Frauen zweiundneunzig einen Mann mit haariger Brust wünschen?

Nounou antwortet: Weil acht nicht ehrlich sind.

Er schiebt ihr zwei Zündhölzer zu, aber sie weist eines zurück.

Sie fragt: Warum gibt es Treue?

Er antwortet: Weil es die Angst gibt vor der Untreue des andern.

Nounou sagt: Erläutern bitte!

Er sagt: Der Treue ist treu, weil ihn die Vorstellung schreckt, daß eine Untreue seinerseits eine Untreue seines Partners provozieren könnte.

Eine halbe Wahrheit! sagt Nounou und schiebt ihm ein halbes Zündholz zu.

Er fragt: Warum sehen alle hohen Politiker wie Tiere aus?

Sie antwortet: Weil die meisten von ihnen Schweine sind, einige auch Wölfe, Füchse, Geier, Gänse und Tausendfüßler.

Nounou bekommt ein Zündholz.

Sie fragt: Wie heißt das Motto der Schweizer?

Er antwortet: Es gibt mehrere.

Sie sagt: Zähl zwei davon auf!

Er sagt: Erstens: Alles erleben und nichts riskieren. Zweitens: Marschtüchtig sein und bleiben.

Nounou gibt ihm ein Zündholz.

Er fragt: Wievielmal größer als die männliche Samenzelle ist die weibliche Eizelle?

Sie antwortet: Keine Ahnung. Darf ich schätzen?

Klar, sagt er großzügig, dreimal darfst du raten!

Doppelt so groß?

Nein.

Elfmal größer?

Nein!

Hundertmal größer?

Nein, Nounou, das gibt leider kein Zündholz! Die Eizelle ist nämlich fünfundachtzigtausendmal größer als die Samenzelle!

Mon Dieu! ruft Nounou begeistert, und mit solchen Knirpsen geben wir Frauen uns ab!

Du bist an der Reihe! sagt er gekränkt.

Sie fragt: Warum gibt es für ›Durchfall‹ so viele verschiedene, auch wüste Wörter, nicht aber für ›Verstopfung‹?

Er antwortet: Weil wir alle vor dem Übersinnlichen mehr Respekt haben.

Erläutern! befiehlt sie.

Er sagt: Was nasen- und augenfällig ist, wird keck und wortreich beplappert; was aber verborgen ist und noch nicht sichtbar, nötigt uns stumme Ehrfurcht ab.

Plausibel! sagt Nounou und überreicht ihm ein Zündholz.

Er fragt: Was für einen Namen gaben die Amerikaner der Hiroshima-Bombe?

Sie antwortet: Ich weiß es nicht, und solche Fragen passen nicht in ein Spiel!

Er meint: Du hast recht, aber ich will dir die Antwort trotzdem sagen. Die Bombe hieß »Little Boy«.

Das ist nicht wahr! schreit Nounou.

Es ist die blanke Wahrheit, sagt er.

Sie fragt: Pansoti, warum gibt es schlechte Menschen?

Er antwortet: Ich weiß es nicht.

Sie sagt: Dann hast du kein einziges Zündholz verdient.

S. Margherita, Bhf, 30. 7., frühmorgens

Aber etwas anderes, liebe Nounou, etwas anderes weiß ich: Immer mehr Menschen haben die Nase voll. In meiner Heimat zum Beispiel gibt es bereits Bürger, die mit Spruchbändern durch die Gegend laufen, auf denen geschrieben steht: »Wir wollen unsere Ruhe!« Sie haben die Nase voll, sie sind übersättigt, sie haben genug, aber nicht etwa vom Schlechten, sondern vom Protest gegen das Schlechte! Und im Windschatten dieser Verneinungsüberdrüssigen, dieser Ruhebedürftigen und freiwillig Blinden, die ihre verlorene Sehkraft als Optimismus und ihre Übersättigung als Daseinsfreude ausgeben, entfaltet sich schmunzelnd das Miese und darf getrost damit rechnen, daß nicht es selbst, sondern sein Kritiker für kriminell gehalten wird.

Im Zug nach Genua, 30. 7., 5.30 Uhr

Kleine Resolution der Ruhebedürftigen:

Wir Ruhebedürftigen stellen ein für allemal fest: Ein wildes Sammelsurium von lautstarken Mini-Gruppen, von Besserwissern, Wichtigtuern, Wirrköpfen, Schwätzern, Schwärmern und Schaumschlägern blökt und poltert und zetert herum und posaunt die immer gleichen abgestandenen Parolen und Proteste in eine Welt hinaus, die ohne sie soviel stiller, gesünder, positiver und feierabendlicher wäre. – Wir fordern: Schluß mit der üblen Nachrede! Schluß mit der Schmähung des Erdballs! Schluß mit dem selbstgerechten Anti-Schöpfungs-Geschnatter! Schluß mit dem ganzen zersetzenden Radau! – Wir wollen tolerant sein gegenüber den kleinen Unzulänglichkeiten dieser Welt, aber wir dulden nicht länger jene notorischen Nörgler, die sich klüger dünken als unser Herrgott und deren wahre Absicht es ist, das Chaos herbeizumeckern.

An einem der Kioske im Hauptbahnhof Genua kaufte Zündel Zigaretten. An einer Stehbar trank er Kaffee. Zwischen den Schnapsflaschen, die ihm gegenüber vor einer Spiegelwand standen, erblickte er sein graues, fremdes Gesicht und erinnerte sich an den Vorsatz, einen Revolver zu kaufen.

Er war erschöpft.

Auf dem Weg zu seiner Pension staunte er über die Reinlichkeit der Gassen, die eben zu erwachen begannen. Wie energisch sich öffnende Augen rasselten Rolläden hoch.

Zündel schlief bis zum Abend.

Gegen sieben Uhr stand er auf, trank etwas Wasser und dachte:

Was tu ich jetzt.

Er schnitt sich die Fingernägel.

Heute ist Donnerstag, dachte er.

Und morgen ist Freitag.

Hunger habe ich nicht.

Wäre ich Brillenträger, so würde ich jetzt noch die Brille putzen.

Er legte sich wieder ins Bett.

Um Mitternacht erwachte er schweißgebadet und fröstelnd.

Er machte Licht.

Geträumt. Ich hänge in einer Steilwand. Vor mir schwebt der Rettungshelikopter. Am Steuerknüppel sitzt mein Vater und mustert mich ruhig. Dann dreht er ab.

18

Abgesehen von zwei bis drei Schwarzfahrten im Zürcher Tram und von einigen wenigen Verstößen gegen Straßenverkehrsregeln hatte sich Zündel noch keiner Übertretung des Gesetzes schuldig gemacht. Umso verwegener kam er sich vor, als er am frühen Freitagabend durch die Gassen strich, mit dem Vorsatz, es heute zu wagen. Der Revolver mußte jetzt her. Was nützte ihm das vierschrötige Sturmgewehr zu Hause im Schrank, das er niemals freiwillig berührte? Nein, fällig war jetzt eine Faustfeuerwaffe, am ehesten ein Revolver, ein schlichter, kleiner, anspruchsloser Revolver. – Eine Pistole kam weniger in Betracht. Pistolen haben Magazine, und Magazine haßte Zündel seit der Rekrutenschule. (Am zweiten oder dritten Tag hatte man den Neulingen die Handhabung des Sturmgewehrs – insbesondere das Einsetzen des Magazins – beigebracht, und von der ganzen Kompanie waren es nur zwei Rekruten, die – unter Anleitung eines verzweifelten Leutnants – bis tief in die Nacht hinein übend im Gang der Kaserne lagen, unfähig, sich in den simplen Handgriff einzufühlen: nämlich Zündel sowie ein offenkundiger Halbidiot namens Bölsterli, der nach einer Woche wieder nach Hause durfte.)

Also, ein Revolver. Gemäß Wörterbuch: Una

rivoltella. – Una rivoltella con cinquanta colpi. Mit fünfzig Schuß.

Der Typ, der Zündel soeben »Haschisch!« zugezischt hat, ist der richtige: starkes Kinn, behelfsmäßige Rasur, gefährliche Augen – der echte Schwarzmarktganove.

Zündel bleibt stehen und sagt leise, aber bestimmt: Una rivoltella.

Der andere zuckt nicht mit der Wimper, flüstert nur: Komm, aber geh hinter mir!

Er lotst Zündel in eins der vielen Gäßchen, welche die Via di Prè mit der Via Gramsci, der Hafenstraße, verbinden und kaum breiter sind als anderthalb Meter.

Zündel behält die Augen offen: Das Gäßchen heißt Vico dell'Amore, und am unteren Ende, kurz vor der Einmündung in die Hafenstraße, befindet sich ein offenes Pissoir. Dort steht der Kerl mit gespreizten Beinen und tut, als ob. Mit dem Kopf winkt er Zündel heran. Der stellt sich neben ihn, tut ebenfalls, als ob.

Der Kerl sagt: Heiße Carlo, kannst dich auf mich verlassen. Da vorn, an der Hafenstraße, zweihundert Meter weiter links, findest du ein Waffengeschäft. Geh voraus, schau dir die Auslage an, ich bleibe in Sichtweite.

Zündel hält diese Sicherheitsmaßnahmen für übertrieben, aber wer die Gepflogenheiten im Untergrund kennt, ist schließlich Carlo und nicht er.

Er schreitet also los und denkt an Serafino, mit dem er hier flanierte, Arm in Arm.

Schon lehnen die ersten Dirnen an den Hauswänden und an den Kühlerhauben geparkter Autos.

Da ist die Waffenhandlung.

Er wirft einen Blick auf die im Schaufenster ausgestellten Modelle, und trotz der Vielfalt des Angebots entscheidet er sich rasch für einen handlichen, silberfarbenen Trommelrevolver, Kaliber 38 Special, mit braunen Holzgriffschalen.

Er gibt Carlo, der sich in zwanzig Metern Entfernung mit einem Mann unterhält, ein Zeichen. Carlo schlendert heran und sagt halblaut: Mach schnell! Welchen willst du? – Den hintersten rechts, Kaliber 38 Special, 200 000 Lire, con cinquanta colpi, flüstert Zündel. – Okay, sagt Carlo, jetzt führt dich mein Kollege dort an einen sicheren Ort. Ich besorge das Gewünschte und komme in einer halben Stunde nach. Okay?

Der andere, der Kollege, sieht noch zwielichtiger aus als Carlo. Zündel gefällt es nicht recht, daß er nun doppelt betreut wird. Doch trottet er in der vorgeschriebenen Distanz hinter dem neuen Führer her.

Wieder taucht man in eine der Seitengassen, gelangt in die Via di Prè, folgt ihr ein kurzes Stück, biegt nach rechts ab in eine kehrichtreiche Schlucht, die sich, bevor sie weiter oben in die belebte Via Balbi mündet, zu einem kleinen Platz verbreitert.

Hier wartet man.

Es gibt keine Unterhaltung.

Man raucht.

Hoch oben, an einer quer über den Hof gespannten Leine, hängen reglos ein paar Wäschestücke.

Ich habe keinerlei Chancen, denkt Zündel. Einer hält mich fest, der andere nimmt mir das Geld ab, und wenn ich mich wehre, schlagen sie mich tot. Aussteigen kann ich nicht mehr – natürlich, darum gab Carlo mir einen Bewacher mit. Herrgott, was bin ich für ein Anfänger, tappe sorglos in die Falle. Würdig sterben: ja, meinetwegen, jederzeit. Aber in irgendeiner Genueser Scheißgasse sang- und klanglos verrecken, das habe ich nicht verdient!

Es dämmert.

Der Bewacher summt harmlos vor sich hin.

Endlich kommt Carlo, das Paket mit Waffe und Munition unter dem Arm. Die Schachtel ist in solides Packpapier gewickelt und mehrfach umschnürt.

Zündel schämt sich für seinen Argwohn.

Der Komplize bekommt den Auftrag, am Ende der Gasse Schmiere zu stehen und die Via Balbi zu überwachen.

Dann sagt Carlo: 200 000 und 50 000 für das Risiko. Die Patronen sind gratis. Okay?

Entsetzt starrt Zündel auf Carlos linke Hand: Der Zeigefinger fehlt, und auf dem Stumpf klebt ein verschmutztes Pflaster.

Nicht einverstanden? fragt Carlo.

Doch doch, 250 000, okay okay! sagt Zündel und greift nach dem Portemonnaie. Aber dann zögert er. Und sagt: Versteh mich recht, eigentlich möchte ich mir die Sache schnell ansehen, bevor ich zahle!

Carlo holt aus, schlägt Zündel anerkennend auf die Schulter, streckt ihm das Paket hin und sagt: Bravo, du verstehst das Geschäft! Siehst du die Bar dort drüben, auf der andern Straßenseite, gleich neben der Cartoleria? Da gehst du hinein, zur hinteren Pendeltür wieder hinaus, und dann siehst du rechterhand ein kleines WC. Dort packst du die Sache in Ruhe aus. Zahlen kannst du nachher, ich warte hier.

Zündel geht ein paar Schritte in Richtung Via Balbi und schaut unschlüssig über die Straße. Er denkt: Die Tatsache, daß Carlo mich zu einer Kontrolle ermuntert, macht die Kontrolle eigentlich überflüssig, und die Tatsache, daß er mich weggehen läßt, ohne vorher das Geld zu verlangen, beweist, daß es auch in der sogenannten Unterwelt Vertrauen von Mann zu Mann gibt.

So wendet er sich denn zu Carlo zurück und sagt augenzwinkernd: Okay, wirst mir schon das Richtige besorgt haben!

Mit Handschlag bedankt er sich für Carlos Einsatz und blättert ihm fünfundzwanzig Noten in die vier Finger.

Carlo pfeift dem Komplizen.

Er redet Unverständliches mit ihm.

Der Komplize verschwindet in der Gasse, Carlo klopft Zündel nochmals auf die Schulter und lädt ihn zu einem Aperitif ein.

Zündel hat Sehnsucht nach seinem Zimmer, zudem wird er in Gegenwart Carlos das Gefühl der Gefahr nicht los, aber er möchte nicht unfreundlich sein.

Also gut, die Pippo-Bar ist in der Nähe, man trinkt Cynar, das Paket bleibt unter Zündels Arm, man plaudert, Carlo lobt Zündels Italienisch und ist doch eigentlich ein netter Mensch. Zum Schluß warnt er ihn noch vor anderen Schwarzmarkthändlern, es gebe darunter sehr unsaubere Vögel.

Carlo will zahlen, doch sagt Zündel energisch: Nein nein, ich zahle, ich lade dich ein, du hast mir schließlich einen großen Dienst erwiesen!

Draußen schüttelt er nochmals Carlos Gaunerpranke, dankt nochmals herzlich, und dann schreitet er so beschwingt wie seit Wochen nicht mehr seinem Albergo zu.

Es war ihm wahrhaftig zumute, als eile er zu einem Rendezvous, so heiß waren seine Wangen, so erwartungsfreudig pochte sein Puls. Dazu kam die Genugtuung, eine gewiß nicht alltägliche Lage relativ sicher gemeistert zu haben. Wie gut war alles gegangen, wie lebensgefährlich schief hätte es gehen können!

Er verschloß die Tür.

Er legte das Paket aufs Bett, und sofort durchschnitt er mit seinem Taschenmesser die Schnüre. Dann entfernte er das Packpapier, sah, daß die Schachtel noch in Zeitungspapier eingeschlagen war, entfernte auch dieses, entfernte die vier um die Schachtel gewickelten Klebstreifen und hob – mit einem ihm selbst fast unheimlich vorkommenden Gefühl der Zärtlichkeit – den Deckel. Da lag, gebettet auf grüne Holzwolle, ein Stück Gips. Weiß und feierlich.

Mit beiden Händen klammerte sich Zündel an sein Gesäß. Nur große Selbstbeherrschung bewahrte ihn davor, hemmungslos zu kreischen. Er stampfte dreimal auf und knirschte mit den Zähnen. Dann setzte er sich geschwächt neben die Schachtel aufs Bett und sagte laut: So ein gigantischer Sauhund! – Aber noch lauter sagte er: Und ich bin das schwachsinnigste Arschloch der Welt. Jetzt reicht's. Ich bin nicht nur vertrauensselig und weltfremd, ich bin schlicht und einfach ein strohfeigendummes Kalb.

Er nahm das unförmige und recht schwere Stück Gips in die Hand, betrachtete es und murmelte: Soso, Kaliber 38 Special, soso.

Dann griff er zur Sicherheit nochmals unter die Holzwolle, gerade so, wie ein noch nicht ganz zufriedengestelltes Kind sein Osternestchen nach zusätzlichen Überraschungen absucht. Aber alles, was er fand, war eine Patronenhülse.

Er lachte höflich.

Lange saß er auf dem Bett.

Wut und Enttäuschung legten sich allmählich, die Scham blieb länger.

Gegen halb elf war nichts mehr in ihm als kalte Gelassenheit und ein wenig Trauer darüber, daß es ihm nicht gelang, sein Erlebnis lustig zu finden.

Mein ganzer Humor ist plötzlich im Eimer, dachte er. Der Hunger ist weg, der Humor ist im Eimer, die Frau ist im Eimer, der Colt ist im Eimer.

In meinem Mund steckt ein klobiger Stiftzahn, in meinem Gesicht eine fettige Nase und in meiner Ferse ein schmerzender Stachel. Irgendwo hocken zwei Gauner, essen und trinken fürstlich und wiehern über den Tolpatsch, den sie gemolken haben. So ist das Leben. Heute ist Freitag. Morgen ist Samstag. Übermorgen reise ich nicht nach Tripolis, sondern nach Hause, denn die Ferien sind zu Ende, und ich war, bin und werde sein ein artiger artiger Mensch.

19

Um sechs Uhr früh war er bereits hellwach. Er verschränkte die Hände hinter dem Kopf und sah zur Decke.

Die Fahndung verläuft im Sand, dachte er. Man könnte zwar sagen, die Ursache einer Lebensbetrübnis bestehe in der Summe aller Mißgeschicke. Aber dagegen spricht die Tatsache, daß auch hundert Mißgeschicke es nicht fertigbringen, einem Daseinsfrohen seine Daseinsfreude zu rauben. Wenn es also eine Lebenslust trotz und mit Mißgeschicken gibt, müßte man eigentlich auch eine Lebens-Unlust gelten lassen, die ohne Mißgeschicke auskommt.

(Nebenbei: Warum werden jene, die alles haben und trotzdem unglücklich sind, geringer geschätzt als die, welche nichts haben und trotzdem glücklich sind? Erklärungsbedürftig ist beides, aber nur der Unglückliche ist zur Auskunft verpflichtet.)

Wo bin ich stehengeblieben? – Ja, wenn es also eine mißgeschicklose Betrübnis gibt und andrerseits – ich denke an mich – eine mißgeschickbefrachtete, dann, dann … – welch ein Quark! Aber es ist mir recht, wenn ich langsam verblöde. – Kurz und gut, es könnte sein, daß alle Heimsuchungen und kleineren Schicksalsschläge nicht die Ursache meiner Gemütslage sind, sondern deren

Folge. Vielleicht stimmt meine Verfassung mich empfänglich für Ereignisse, die meine Verfassung erklärbar machen. Vielleicht ertrotzt sich meine Lebensunlust das Unlustige, um nicht grundlos erscheinen zu müssen, um das Rätselhafte auszubooten, um zu verhindern, daß die Fahndung im Sand verläuft.

Also. Hans bekommt die Grippe. Fritz nicht. Eine Frage der Anfälligkeit, wie jedermann weiß. Die Grippe sucht sich den Hans aus, weil der Hans sich nicht wehrt. An Hansens Abwehrschwäche ist nicht die Grippe schuld. Wohl aber verstärkt sie sein Gefühl der Schwäche.

Gefragt ist nach den Ursachen von Hansens Schwäche.

Gefragt ist nach den Ursachen eines Lebensgefühls.

Warum ist Fritz glücklich?

Fritz hungert nicht, dürstet nicht, friert nicht, hat eine Wohnung, hat Arbeit, hat alles!

Für Hans gilt Gleiches.

Warum ist Hans unglücklich? (Auch ohne Grippe!)

Einige Ursachen zeitgenössischen Elends nennt man nur noch mit Hemmungen, da sie bereits als Ladenhüter gelten: Beton. Brutalität. Anonymität. Kälte. Konkurrenz. Stinkluft. Stinkwasser. Lärm. A-Bombe. B-Bombe. C-Bombe.

Das hat der Fritz doch alles auch! Ist dennoch happy!

Ein Dickhäuter?

Und Hans der Sensible? Der mit dem durchsichtigen Häutchen?

So wären denn alle Probleme nur Hautprobleme? Das Lebensglück eine dermatologische Angelegenheit?

Wie aber kommt Hans zu seiner unzweckmäßigen Haut und Fritz zu seinem Fell?

Weiß nicht.

Weiß nur: Es gehört zur Strategie der Niedertracht, die Betrübten soweit zu bringen, daß sie für ihr Unglück die Beschaffenheit ihrer Haut verantwortlich machen und statt der Welt sich selber verfluchen. Sie sollen sich begreifen lernen als Jammertanten, und sie sollen sich ihrer Traurigkeit schämen. Aussterben sollen sie, damit die Wölfe endlich unter sich sind. Wenn aber die Traurigen gehen, stirbt nicht nur Maria die Trösterin, sondern es stirbt auch das Gespür für das Falsche. Wenn die Kranken folgsam verenden, verscharrt man auch die Todesursachen. Wenn die Leidenden untergehen, die Schwächeren sich zurückziehen, die Verrückten eingelocht sind, dann ist die Welt im Lot, dann herrscht das Positive, dann hört man nur noch das dröhnende und pausbackige Halleluja der Tauglichen.

Wie satt habe ich diese Grübeleien, wie sehne ich mich nach einem stilleren Kopf. Ich lieg im Bett und reklamiere. Ich bin ein Bett-Rebell. Und schon das ist mir zuviel. Vor der Haustür bin ich eher ruhig. In der Wohnung schon lauter. Und im Bett wird dann mutig gelärmt. Aber auch das ist mir jetzt zuviel. Ich will draußen wie drinnen still sein, nicht brav, nicht mutig, nur still. Still wie ein Kehrichtsack, der abholbereit am Straßenrand steht.

Als Konrad sich aufrichtete, wurde ihm schwindlig, und als er aufstand, merkte er, daß die Beine ihn kaum trugen. Doch schon der Gedanke an ein Sandwich machte ihm Brechreiz.

Irgendwo trank er stehend zwei Schnäpse. Um acht Uhr saß er – als erster Kunde des Tages – in einem Coiffeur-Salon und bat den Barbiere, ihm die Haare so kurz wie möglich zu schneiden.

Zehn Millimeter? fragte der Coiffeur. – Fünf! sagte Konrad. Es war ihm ein wenig peinlich, daß sein Magen so stark knurrte, bald aber hörte er, daß auch der Magen des Coiffeurs knurrte, und fasziniert lauschte er dem Zwiegespräch.

Noch faszinierter – allerdings auch mit zunehmendem Entsetzen – verfolgte er im Spiegel die erbarmungslose Metamorphose seines Schädels. Nach zwanzig Minuten saß er einem Wesen gegenüber, mit dem ihn nichts mehr verband.

Ein Menschenhaupt ist das jedenfalls nicht, dachte er, es ist die Kreuzung zwischen einem gerupften Fasan und einer Strumpfkugel. Magda wird vor Schreck erstarren. Magda würde vor Schreck erstarren, wenn sie mich sähe. Aber die Wohnung wird ja leer sein morgen abend. Auch das Silberbesteck, das Magda in die Ehe gebracht hat, wird weg sein, so daß ich am Küchentisch sitzen werde, froh um mein Taschenmesser, mit dessen Hilfe ich dann eine Scheibe verschimmeltes Brot mit ranziger Butter bestreiche.

Konrad kaufte eine Flasche Cognac und suchte sein Zimmer auf. Von zehn Uhr morgens bis gegen Mitternacht schrieb er.

Dann machte er – auf schwachen Beinen – einen Spaziergang. In der Hafenstraße herrschte noch Betrieb, die Gassen aber waren ausgestorben. Konrad hatte Angst. Als er plötzlich etwas Dunkles vor sich liegen sah, begann er am ganzen Körper zu zittern. Wenn das ein Mensch ist, dachte er, dann klappe ich zusammen. – Es war ein Hund, und Konrad sagte erleichtert: Ruhe wohl, Bruder. – Im Zimmer schaute er in den Spiegel und erkannte sich noch immer nicht.

Besser ein toter Hund als ein lebender Löwe, dachte er.

Dann schrieb er weiter, bis fünf Uhr früh.

Letzter Eintrag:

Über die Würde.

›Würde‹ – das ist der verzweifelte Versuch, angesichts unserer Nichtigkeit Haltung zu bewahren. Und ist das wünschenswert?

Das Elend muß gebrandmarkt werden, die Hinfälligkeit muß gezeigt sein, damit die himmlischen Heerscharen endlich erwachen. Solange wir um Würde ringen, glauben sie uns munter.

Am Sonntag, zwölf Uhr mittags, stand Konrad auf dem Bahnhofplatz und schaute noch einmal auf zu Cristoforo Colombo. Er bemerkte erst jetzt, daß Kolumbus sich mit seiner linken Hand auf einen mächtigen Anker stützte und mit seiner rechten den Nacken einer ihm zu Füßen sitzenden Meerjungfrau berührte.

Abends um neun war Konrad daheim.

20

Ich rufe in Erinnerung: Am Morgen des 9. Juli, einem Donnerstag, hatte Zündel den Kater zu Judith gebracht und ihr erklärt, er fahre »südwärts«. Am folgenden Samstag (11.7.) war Magda von Bern (Aufenthalt bei ihrer Freundin Helen) heimgekehrt. Vergeblich hatte sie die Wohnung nach ihrem Kater und nach einer Botschaft Konrads abgesucht, und vergeblich waren in der Nacht auf den Sonntag die Versuche gewesen, ihre große Unruhe loszuwerden und endlich einzuschlafen. (Es war, als hätte sie gespürt, daß ihr Mann zur gleichen Zeit – verfolgt von zwei Polizisten – durch Genuas Gassen jagte, bis eine Eisenkette ihn zu Fall brachte.)

Am Sonntag hatte Magda dann verschiedene Bekannte angerufen, auch mich. Ich erzählte ihr von Konrads Besuch bei mir (Dienstagnacht, 7./8. Juli), verschwieg aber, um sie nicht noch mehr zu ängstigen, in welch grimmiger Verfassung er gewesen war. (Eine Verfassung, die ja dann – wie wir aus Konrads Aufzeichnungen wissen – anderntags durch den von Hauswart Schmocker provozierten Untreue-Verdacht noch verzweifelter wurde.) – Judith hingegen, von Magda ebenfalls konsultiert, Judith verschwieg gar nichts, sondern berichtete der besorgten Magda ausführlich und erregt, Konrad habe grauenhaft ausgesehen, als er die Katze bei ihr abgeliefert habe, käsebleich, totenblaß, wie ein Gespenst etc., und er habe geredet wie ein Irrer, sie habe richtig Angst gehabt, ihn auch gefragt, was ihm fehle etc. etc.

Kurz: Magda konnte nach dieser Auskunft nur das Schlimmste befürchten.

Es war für sie ein Schock zu hören, wie tragisch Konrad die eheliche Auseinandersetzung und ihre Flucht nach Bern genommen zu haben schien. Sie liebte ihn doch! Sie hing an ihm. Aber sie hatte sich trotzdem darauf gefreut, für ein paar Wochen allein zu sein. Sie war einfach überrumpelt worden durch seine vorzeitige Rückkehr, und es war ihr unmöglich gewesen, anders als mit Ungeduld und Wut darauf zu reagieren. Man kann nicht immer lieb sein, man hat zuweilen das Recht, sich dem andern zu entziehen, ihm das erwartete Verständnis zu verweigern, den Anspruch auf Nähe zurückzuweisen. Worte Konrads! Worte, an die Magda sich jetzt erinnerte, ohne daß ihre Schuldgefühle deswegen kleiner geworden wären.

Zermürbende Tage folgten. Sie wartete. Rannte Morgen für Morgen zum Briefkasten. Nichts als Drucksachen.

Sie traute sich kaum aus dem Haus, aus Angst, Konrad könnte genau dann heimkommen, wenn sie weg war.

Ging sie einkaufen, legte sie ein besonders liebes Empfangsbriefchen auf den Küchentisch und stellte einen Mohrenkopf daneben, wofür er eine große, wenn auch nie offen eingestandene Vorliebe hatte.

Ein einziges Mal ging sie baden. Einmal mit Judith ins Kino. Und einmal fuhr sie ins Aargauische zu ihrer Schwiegermutter, weil sie mit jemandem zusammensein wollte, der Konrad nahestand.

Magda bewunderte Johanna Zündel, fürchtete sich aber auch ein wenig vor dieser ungewöhnlichen Frau, die ihren Sohn ganz allein aufgezogen hatte und ihm trotzdem eine Liebe schenkte, die frei war von verschlingenden Tendenzen. Daß sie den Vater ihres Kindes hatte loslassen müssen, das konnte sie niemals dazu verführen, sich in das Kind zu verkrallen und ihm das ihr Vorenthaltene abzufordern. Überhaupt war ihr alles Fordernde, alles Raffende, Haschende, ängstlich Bewahrende fremd. Und als Konrad und Magda heirateten, hatte Johanna zu ihrer Schwiegertochter gesagt: Hege ihn, aber hege ihn nicht ein! – Und zu ihrem Sohn, dessen Lebensangst sie spürte, hatte sie gesagt: Überfordere deine Frau nicht, mach sie nicht einfach zur Stätte der Zuflucht!

Von dieser Johanna ging eine so bezaubernde Ruhe aus, eine so unaufdringliche Reife, daß Magda sich ihr gegenüber sehr jung und fehlerhaft fühlte.

Aber der Besuch tat ihr gut. Zwar wußte auch die Mutter nichts über Konrads Verbleib, doch gelang es ihr, Magda zuversichtlicher zu stimmen und ihr einen Teil ihrer Ängste zu nehmen. Vor allem aber wehrte sich Johanna gegen die Schuldgefühle ihrer Schwiegertochter. Die Frauen – so fand sie – bekämen fast automatisch Gewissensbisse, sobald sie einmal Regungen in sich entdeckten, die nicht in Einklang stünden mit dem Ideal der Hingabe. Die Grundfigur der Mann-Frau-Beziehung – so fand Johanna – bestehe seit Odysseus darin, daß der Mann in den Krieg ziehe oder kegeln gehe, wenn er ohne Frau sein wolle, aber gleichzeitig voraussetze, daß die Frau erstens strickend auf seine Rückkehr warte und zweitens keinerlei Bedürfnis habe, ihrerseits mal ohne Mann die Flügel auszubreiten. Immer habe sie – Johanna – ihrem Sohn eine warme, nicht aber fügsame Gefährtin gewünscht, und sie habe das Ihre zu tun versucht, um Konrad zu beschützen vor dem üblichen, also eher sadistisch geprägten Frauenbild. Umgekehrt habe sie sich Mühe gegeben, die von überallher in ihn einsickernden Männlichkeitsdefinitionen zu relativieren, und sie halte dies selbst dann für richtig, wenn er – was sie nicht ausschließe – sich jetzt ein wenig ›unmännlich‹, also schwach vorkommen sollte.

Ich kann, sagte Johanna, ich kann und darf ein Kind nicht trimmen auf das von mir als schlecht Erkannte, nur damit es sich mit diesem dann leichter arrangiert, nein, nein, das darf man nicht. Lieber nehme ich die Schuld auf mich, mein Kind ungenügend vorbereitet zu haben auf das sogenannte Leben. Das ist wirklich eine Schuld, ich weiß. Aber ist es nicht auch eine Art Schuld, wenn man sein Kind einfach zu einem wackeren Teilnehmer und Fortsetzer des Blödsinns erzieht? Sollen unsere Kinder halbwegs zufriedene Komplizen werden oder unglückliche Widerstandskämpfer? Was meinst du?

Magda sagte: Mir schwebt ein glücklicher Kämpfer vor!

Wie gesagt, dieser Besuch bei Mutter Johanna tat Magda gut, sie fühlte sich leichter und kräftiger danach, und als ein paar Tage später, am 24. Juli, Konrads Ansichtskarte aus Genua – Poststempel 18.7. – eintraf, war Magda geradezu erlöst. Er schrieb zwar Absonderliches, aber er lebte.

Oft dachte sie nach über ihn. War er – trotz Johannas Erziehung – nicht auch nur ein herkömmlicher Mann, behaftet mit all den Marotten, die sie, Magda, mit Hilfe der Frauengruppe so gründlich zu durchschauen gelernt hatte? Fühlte sie sich nicht oft unterdrückt, gestutzt, gelenkt? Hatte sie nicht zuweilen Angst vor seinem Urteil? Dominierte er sie nicht? Warum mußte sie ein schlechtes Gewissen haben, wenn sie unternehmungslustig war und er müde? Und wenn sie dann – selten genug – ohne ihn ausging? Deutete das alles nicht darauf hin, daß auch er ein Herrscher war?

Durfte sie andrerseits vergessen, wie sehr ihre Eltern sie gefesselt hatten? Konnte es nicht sein, daß sie darum besonders empfindlich war? Mehr noch: War es nicht denkbar, daß sie unbewußt dazu neigte, Konrad mit ihren Eltern zu verwechseln und als seine verbietende Stimme zu deuten, was in Wahrheit die in ihr selbst rumorende Stimme der Eltern war? Und konnte es nicht sein, daß diese Stimme und nicht Konrad es war, welche Unterordnung verlangte und welche ihr ein schlechtes

Gewissen aufschwatzte, wenn sie unternehmungslustig war und er müde? Und wenn sie dann – selten genug – ohne ihn ausging, wozu er sie ja eigentlich oft ermuntert hatte –: war es dann fair, ihn ein bißchen zu hassen und haftbar zu machen für ihr Schuldgefühl?

Magda schwankte, sie wußte nicht, wie die Sache sich wirklich verhielt, und sie fand, daß jedem Versuch, eine Beziehung zu analysieren, etwas seltsam Beliebiges anhafte und daß auch die einleuchtendsten Theorien nichts weiter verdienten als Kopfschütteln und Mitleid.

Aber sie fühlte sich Konrad näher als je.

Gegen Ende der letzten Ferienwoche wuchs ihre Besorgnis wieder. Bis anhin hatte Konrad die Schlußtage seiner Ferien stets für Unterrichtsvorbereitungen gebraucht. Es konnte noch so schön sein in der Provence oder wo auch immer: Spätestens vier Tage vor Schulbeginn mußte man abreisen, und zu Hause war Konrad vom Schreibtisch nicht mehr zu vertreiben. Daß er sein übersteigertes Pflichtgefühl eines Tages einfach verlieren würde, hielt Magda für wünschenswert, aber ausgeschlossen.

Und jetzt war Samstag. Erster August. Abends wäre Frauentreff gewesen mit anschließendem Besuch des Seenachtfestes, doch Magda hatte abgesagt.

Sie war nervös. Jedesmal, wenn draußen ein Knallkörper explodierte, zuckte sie zusammen. Es knatterte von früh bis spät, und obwohl Magda die geräuschvolle Wesensart der hiesigen Heimatliebe allmählich kannte, drehte sie fast durch.

Der Nationalfeiertag verstrich also ohne Konrad, aber am Sonntagabend um neun Uhr stand er dann – wie schon gemeldet – plötzlich unter der Tür.

21

Man kann es nicht anders ausdrücken: Magda war starr vor Schreck. Und Konrads Erscheinung kann wirklich kaum anders genannt werden als erbarmungswürdig.

Abgesehen von den dunkleren Bartstoppeln war sein Gesicht kreidebleich. Besonders wächsern wirkte die Stirn, die infolge des totalen Haarschnitts viel höher als sonst erschien. Stark veränderte ihn seine Hohlwangigkeit. Die Backenknochen sprangen hervor, die Augenhöhlen traten etwas zurück, sein Blick war fremd.

Da stand er, mager, schlaff, verlegen, wortlos, und roch nach Schweiß und Schnaps.

Endlich fragte er die gelähmte Magda mit schwacher Stimme: Was machst denn *du* da?

Auf dich warten! rief sie, fiel ihm weinend um den Hals und drückte ihn an sich. Mein Gott, wie hab ich dich vermißt, wie hab ich Angst gehabt um dich, lieber lieber Mann!

Konrad umfing sie nicht, versuchte aber auch nicht, sich von ihr zu lösen, stand einfach mit baumelnden Armen da und sagte: Schon recht.

Magda zog ihn in die Stube.

Komm, komm, was ist mit dir, was ist mit dir um Himmels willen? Bist du krank? Ja du bist krank, was ist mit dir?

Die Fußsohle eitert, sagte Konrad, sonst geht es recht, aber ich stinke.

Er redete wenig und erzählte nichts.

Magda ging behutsam mit ihm um. Sie vermied es, ihn auszufragen. Zum Glück aß er eine Kleinigkeit und schlug auch ein Schaumbad nicht aus. Sie saß auf dem Rand der Badewanne, streichelte seinen Kopf und sagte: Mir gefällt deine neue Frisur.

Er sagte: Schon recht.

Morgen früh, erklärte Magda, rufe ich die Schule an und melde dich ab. Und dann wirst du gesundgepflegt!

Konrad fragte: Ist dein Bruder abgereist?

Aber Koni, sagte sie, seit wann habe ich einen Bruder? Ich hab doch keinen Bruder!

So, sagte er abwesend.

Magda ließ sich ihren Schreck über Konrads Verwirrung nicht anmerken. Sie sagte: Denk dir, ich habe zu rauchen angefangen, ich glaube, vor lauter Sehnsucht nach dir! Hast du in Italien auch hie und da an mich gedacht? – Ja, sagte er.

Nach dem Bad schien er sich wohler zu fühlen. Im Morgenrock setzte er sich an den Stubentisch und trank einen Kamillentee. Er fragte: Hat man einen neuen Lampenschirm angeschafft? – Der ist doch nicht neu, widersprach Magda, den hatten wir schon immer! – Konrad sagte: Früher sah er treuherziger aus. – Sie lenkte ab: Du, ich hab dir einen leichten, ärmellosen Sommerpullover gestrickt, möchtest du schnell hineinschlüpfen? – Er sagte: Der Sommer ist schon recht, aber die Fliegen. –

Komm, probier ihn doch schnell, sagte Magda, das Pyjama kannst du ja anbehalten! – Er zog den Morgenrock aus, und sie holte den Pulli. Er schlüpfte hinein. Nach einer Weile sagte er: Das geht nicht! – Magda fragte: Aber warum denn nicht, er paßt doch prima, gefällt er dir nicht? – Konrad sagte: Ich glaube, der Wind pfeift hindurch.

Magda mußte sich das Lachen und das Weinen verbeißen und zündete sich eine Zigarette an. Dann sagte sie: Also, bist du damit einverstanden, daß ich dich morgen früh krank melde? – Nein! rief er, das fehlte noch! Ich habe ja morgen nur zwei Lektionen, Geschichte und nochmals Geschichte, ich kann das schon! – Bist du denn vorbereitet? fragte Magda. Er antwortete: Zweiunddreißig Jahre lang war ich strebsam und manierlich. Wo Trägheit wohnt – so glaubte ich – da senkt sich das Gebälk. Und ich war ein emsiger Knecht, und es senkte sich trotzdem.

Tränen glitten über sein unbewegtes Gesicht. Magda umarmte ihn und sagte leise: Komm, ich tu dich ins Bett! – Die Mappe muß ich noch packen, sagte er.

Er stellte sich vor das Büchergestell, zupfte den einen und andern Band heraus, blätterte ein wenig darin, versorgte ihn wieder. Ein Taschenbuch mit blauem Umschlag behielt er länger in den Händen. – Hör mal Magda, hör mal! sagte er plötzlich. – Ja, ich höre. – Er las: »Freilich ist das Leben arm und einsam. Wir wohnen hier unten, wie der Diamant im Schacht. Wir fragen umsonst, wie wir herabgekommen, um wieder den Weg hinauf zu finden.«

Er blätterte weiter und fragte: Hörst du zu? – Ja, Liebster, antwortete sie. – Er las: »Wenn ich ein Kind ansehe und denke, wie schmählich und verderbend das Joch ist, das es tragen wird, und daß es darben wird, wie wir, daß es Menschen suchen wird, wie wir, fragen wird, wie wir, nach Schönem und Wahrem, daß es unfruchtbar vergehen wird, weil es allein sein wird, wie wir, daß es – o nehmt doch eure Söhne aus der Wiege, und werft sie in den Strom …«

Schön, nicht wahr? meinte Konrad, aber Magda sagte: Ich wünsche mir ein Kind! – Jetzt plötzlich? fragte er. – Ja, antwortete sie, seit zwei Wochen wünsche ich mir ein Kind.

Wortlos steckte er ein paar Bücher in seine Mappe. Er fragte: Wie spät ist es eigentlich? – Zehn vor zwölf, sagte sie, soll ich dich wirklich um halb sieben wecken? – Wozu denn? murmelte er und sagte, weil Magda ihn fragend anschaute: Ich setze keinen Fuß mehr in diese teuflische Schule! – Gut, meinte sie, dann können wir morgen ja ausschlafen.

Er ging noch einmal auf die Toilette. Als er zurückkam, sagte er traurig: Das WC-Papier wird auch immer lausiger.

Möchtest du allein schlafen? fragte sie schüchtern, und er antwortete: Wahrscheinlich ist es ratsam.

Magda begleitete ihn noch in sein Zimmer und

deckte ihn zu. Konrad flüsterte: Ich kann ihn in keinem Lexikon finden! – Wen denn? fragte sie – Einen Mann namens John Knickerbocker! – Und, was ist mit dem? – Von dem, sagte Konrad, von dem soll ein Sätzchen stammen, das mir furchtbar gefällt, obwohl es nur aus drei Wörtern besteht.

Magda wartete geduldig auf die Preisgabe dieses Sätzchens, merkte aber bald, daß Konrad in einen tiefen Schlaf gefallen war.

Später lag sie im Bett und weinte. Es war ihr, als stemme sich ein Knie auf ihre Kehle.

Kurz nach sechs wurde sie von einem klirrenden Geräusch geweckt. Sofort stand sie auf. Am Stubentisch saß Konrad, angezogen. Seine Hände zitterten. Vor ihm stand ein großes, randvoll mit Cognac gefülltes Glas. – Das trinkst du nicht! schrie Magda. – Das trinke ich, sagte Konrad heiser, das muß ich trinken, sonst kann ich nicht Schule geben! – Sie ließ sich aufs Sofa fallen und sagte: Du bist verrückt. – Er nahm das Glas und trank es leer. Dann sagte er: Siehst du, wie ruhig meine Hände jetzt sind, so gern hast du sie früher gehabt, diese Hände, so gern. – Ich habe sie noch immer gern, schluchzte Magda, aber du darfst dich nicht ruinieren, bitte bitte bleib zu Hause, du bist so krank, ich will dich pflegen, ich liebe dich! – Konrad sagte: Ich war dein Absprungbalken, und du warst mein Kachelofen, und beides war schlecht, und beides war falsch. – Du lügst! rief Magda, du warst nie mein Absprungbalken, und wenn ich dein Ofen war, so war ich es gern! – Du lügst, brüllte Konrad, du solltest dich schämen, Schmocker hat mir doch alles erzählt! – Was hat er dir erzählt, dieser schmierige Kerl? – Allerlei, sagte Konrad, aber darüber wird jetzt nicht mehr geredet, das ist vorbei, jetzt muß man alles nehmen, wie es kommt. Danke für deinen Abschiedsbrief! – Für welchen Abschiedsbrief? fragte Magda. – Du hast mir doch, bevor du zu Helen nach Bern, zu Helen nach Bern reistest, einen Brief auf den Küchentisch gelegt, eine umfassende Mängelliste meiner Person! – Ach Gott, sagte Magda, begreif mich doch, verzeih mir doch! – Da gibt es gar nichts zu verzeihen, sagte er, du hattest vollkommen recht, ich war ein Monstrum, aber auch du bist ein Mensch aus Fleisch und Blut und andern Mängeln, und es kann sein, daß wir beide nicht in den Himmel kommen! Ich friere, sei warm. – Ich bin doch da, sagte Magda, und sie stand auf und küßte verzweifelt sein blasses Gesicht.

Konrad ging in die Schule.

Es war Magda nicht gelungen, ihn zurückzuhalten.

Lange sei er noch vor dem Spiegel im Badezimmer gestanden und habe zwanzig oder dreißig Mal den immer gleichen kuriosen Vers heruntergeleiert, den sie – Magda – nie mehr vergessen werde: »Auf des Mannes Stirne thronet hoch als Königin die Pflicht.«

22

Vor Beginn der Lektion saß Zündel im Lehrerzimmer, blickte vor sich hin und schien entschlossen, sich von niemandem anreden zu lassen. Vollständig konnte er sich der allgemeinen Händeschüttlerei zwar nicht entziehen, aber wenn es ein Kollege darüber hinaus noch wagte, seinen Haarschnitt zu glossieren, so wandte sich Zündel mit steinerner Miene ab.

Die Schüler kicherten erst recht. Einer fragte, ob er – Zündel – unter das Tram gekommen sei. Ein anderer fragte, ob er die Rekrutenschule wiederholen müsse oder zum Buddhismus übertreten wolle.

Das waren freundschaftliche Neckereien.

Aber auch hier kein Lächeln! Zündel schwieg, bis auch die Klasse schwieg, bis auch der letzte spürte, daß der Mann, der wie eine Säule vor ihnen stand, für Lustbarkeiten nicht zu haben war.

Schließlich sagte Zündel leise: Gebt nur acht, gebt nur acht, niemand ist heute geweiht von Mutterschoß an, und ein Schermesser kommt noch auf jedes Haupt.

Dann setzte er sich und nahm zwei Bücher aus seiner Mappe. – Ich will euch einstimmen, sagte er, ich will euch jetzt einstimmen in das siebzehnte Jahrhundert. Frisch und ausgeruht und haselnußbraun nehmen wir den Dreißigjährigen Krieg in Angriff. Aber zuerst will ich euch einstimmen, euch vertraut machen mit dem Lebensgefühl einer leidvollen, also versunkenen Zeit, einer Zeit, die eine Endzeit ist, weil sie die letzte war, die sich vom Leben nicht bluffen ließ, die letzte, die es verschmäht hat, sich fidel zu wälzen im Schlamme falscher Zuversicht. Wahrlich, Grauenhaftes spielte sich ab auch in den folgenden Epochen! Zwei Weltenbrände allein in unserem Jahrhundert! Und vor der Türe steht nervös der dritte! Aber die Menschheit ist wohlgemuter als je, huldigt dem Positiven, himmelt die kraftmeierischen Greise und Halbgreise an, die als Politiker die Geschicke lenken und die nur darum mit Gedröhn einherschreiten und mit dem Säbel rasseln, weil sie Gevatter Tod verdrängen. Sie leben, solange sie stark sind! Und die Menschheit fühlt ähnlich, ist in Muskeln vernarrt, betet das Erz an, den Stahl, den Beton und alles, was hart und dauerhaft ist und nicht so vergänglich wie sie. – Kennt ihr die Neutronenbombe? Ja? Wißt ihr, daß sie ein Produkt der modernen Liebe ist? Ein Produkt jener Anbetung, von der ich eben sprach? Wißt ihr, daß sie – diese blütenreine Waffe – das Hochhaus und den Bunker, die Autobahn und die Flugpiste zärtlich verschont und sich beschränkt auf die Vernichtung der schmalbrüstigen Mutter Natur? – Kurz und gut, es gab eine Zeit, wo der Mensch sich seiner Schwäche nicht schämte, wo der Mensch seine Nichtigkeit weder mit Body-Building noch mit Wolkenkratzern noch mit Marschflugkörperprogrammen übertünchte, wo der Mensch sich zu sehen wagte in seiner ganzen lumpigen Invalidität. – Und von dieser Zeit wollen wir heute sprechen. Aus dieser Zeit wollen wir zwei Zeugen anhören!

Zündel machte eine lange Pause. Dann schlug er das erste der beiden ausgepackten Bücher auf.

Er sagte: Ich lese einige Worte unseres ersten Zeugen, schenkt ihm ein williges Ohr!

Er las: »Weder weiß ich, wer mich in die Welt setzte, noch was die Welt ist, noch was ich selbst bin. In einer furchtbaren Unwissenheit über alles und jedes bin ich. Ich weiß nicht, was mein Leib ist, noch was meine Sinne sind, noch was meine Seele ist. Ich schaue diese grauenvollen Räume des Universums, die mich einschließen, und ich finde mich an eine Ecke dieses weiten Weltraumes gefesselt, ohne daß ich wüßte, weshalb ich nun hier und nicht etwa dort bin, noch weshalb ich die wenige Zeit, die mir zum Leben gegeben ist, jetzt erhielt und an keinem andern Zeitpunkt der Ewigkeit, die vor mir war oder die nach mir sein wird. Alles, was ich weiß, ist, daß ich bald sterben werde, aber was der Tod selbst ist, das weiß ich am wenigsten. Wie ich nicht weiß, woher ich komme, weiß ich auch nicht, wohin ich gehe.« –

Zündel legte das Buch weg, machte wieder eine lange Pause, griff dann zum andern Buch und sagte: Ich lese einige Worte unseres zweiten Zeugen, schenkt ihm ein williges Ohr!

Er las: »Adieu, Welt, denn auf dich ist nicht zu trauen, noch von dir nichts zu hoffen, in deinem Haus ist das Vergangene schon verschwunden, das Gegenwärtige verschwindet uns unter den Händen, das Zukünftige hat nie angefangen, das Allerbeständigste fällt, das Allerstärkste zerbricht, und das Allerewigste nimmt ein End; also, daß du ein Toter bist unter den Toten, und in hundert Jahren läßt du uns nicht eine Stunde leben. Dannhero weinet, seufzet, jammert, klaget und verdirbt jedermann, und jedermann nimmt ein End; bei dir siehet und lernet man nichts als einander hassen bis zum Würgen, reden bis zum Lügen, lieben bis zum Verzweifeln, und sündigen bis zum Sterben. –

Behüt dich Gott, Welt, denn mich verdrießt deine Konversation; das Leben, so du uns gibst, ist eine elende Pilgerfahrt, ein unbeständiges, ungewisses, hartes, rauhes, hinflüchtiges und unreines Leben, voll Armseligkeit und Irrtum, in welchem wir all Augenblick sterben durch viel Gebrechen der Unbeständigkeit und durch mancherlei Weg des Todes! Du gibst aus dem güldenen Kelch, den du in deiner Hand hast, Bitterkeit und Falschheit zu trinken und machst uns blind, taub, toll, voll und sinnlos. Du machest aus uns einen finstern Abgrund, ein elendes Erdreich, ein Kind des Zorns, ein stinkendes Aas; denn wenn du uns lang mit Schmeicheln, Liebkosen, Dräuen, Schlagen, Plagen, Martern und Peinigen umgezogen und gequält hast, so überantwortest du den ausgemergelten Körper dem Grab. Wehe aber alsdann der armen

Seele, welche dir, o Welt, hat gedienet und gehorsamt!« –

Hier klappte Zündel – sichtlich erschöpft – das Buch zu, und obwohl bis zum Läuten noch zwanzig Minuten fehlten, stand er auf und sagte: Soviel für heute. – Er nahm die Mappe und ging langsam hinaus.

In der folgenden Pause saß er wieder wortlos im Lehrerzimmer.

Er machte vier Knoten in sein Taschentuch, an jeder Ecke einen. Dann nahm er einen Korkzapfen aus der Hosentasche und roch daran. – Ihm gegenüber unterhielten sich zwei Deutschlehrer. – Ich habe, sagte der eine, ich habe mich in den Ferien wieder einmal intensiv mit Goethes Sesenheimer Lyrik befaßt, und ich muß sagen, es war eine echte Bereicherung. Auch meine Frau konnte Zugang dazu finden.

Plötzlich sprach Zündel. Und zwar laut. So laut, daß alle andern verstummten. Er sagte: Hoffentlich ist der wichtigste Zugang zu deiner Frau jetzt nicht mit Lyrik verstopft, das täte mir leid.

Der Kollege schaute ihn vollkommen verständnislos an. Zündel aber – ungeachtet der allgemeinen Betretenheit – sprach weiter. Er fragte: Weißt du, was ein Tanga ist? – Du meinst Tango? fragte der Kollege höflich zurück. – Nein! rief Zündel, ich meine nicht Tango, ich meine Tanga!

Jetzt griff Dr. Wapp, ein Geographielehrer, über

zwei Tische hinweg in die Befragung ein und sagte: Tanga ist eine Hafenstadt im ostafrikanischen Tansania, Ausgangspunkt der sogenannten Tanga-Bahn, die zum Kilimandscharogebiet führt!

Das Kollegium staunte. Zündel sagte anerkennend: Sehr brav, Herr Wapp, sehr kenntnisreich! Ich habe allerdings gefragt, was *ein* Tanga sei, und so würde man sich ja kaum ausdrücken, wenn man nach einer Stadt fragte, nicht wahr? Die Bestnote, Herr Wapp, kann ich Ihnen für Ihre Leistung also nicht geben. Nein nein, meine Herren, Tanga – maskulin übrigens, also *der* Tanga – Tanga ist etwas ganz anderes, nämlich die Bezeichnung für einen raffinierten, pofreien Mini-Damen-Slip, eine wahrhaft freche Sinfonie aus Satin und Tüll, auf Wunsch auch mit Spitzen-Einsatz lieferbar – das ist ein Tanga!

Und wieder zum Deutschlehrer gewandt, sagte er: Kauf ihr das doch, kauf ihr das doch, wer weiß, vielleicht beflügelt es euer saftloses Sesenheimer Geschlechtsleben!

Totenstille.

Der angesprochene Kollege, bestürzt, aber beherrscht, fragte endlich: Konrad, was ist in dich gefahren?

Ein weiter entfernt sitzender rief: Spinnst du?

Oswald, ein Englischlehrer und guter Freund Zündels, sprang auf, faßte ihn um die Schultern und fragte: Koni, was ist los, komm, ist dir nicht gut? Ich bring dich nach Hause!

Doch Zündel, offensichtlich nicht Herr seiner

selbst, schüttelte Oswald ab und schrie: Tut nicht so scheinheilig, ihr Schlappschwänze, ihr ranzigen Humanisten, ihr violetten Arschgesichter, ihr armseligen, verlogenen, mickrigen, perversen Scheißpädagogen, ihr schmierigen Hausierer, ihr scheuklappigen Unwissensvermittler – hört ihr nicht, daß es läutet?

Er griff nach seiner Mappe und rannte aus dem Zimmer.

Von den Zurückgebliebenen aber zweifelte keiner daran, daß ihr sonst so zurückhaltender, ja verschlossener Kollege den Verstand verloren hatte. Doch niemand traute sich, ihm zu folgen und dafür zu sorgen, daß ihm eine weitere Unterrichtsstunde erspart blieb.

Es war eine Maturaklasse, aus nur fünfzehn Schülern bestehend, mit der Zündel seine letzte Lektion abhielt, eine Klasse, die er gern hatte.

Schöne Ferien gehabt? fragte er, wartete aber keine Antwort ab, sondern fuhr hastig fort: Es sitzt doch nicht etwa jemand in diesem Saal, der bestreitet, daß unsere sieben Bundesräte nicht etwa lahme Enten sind, wie man zuweilen hört, sondern abgefeimte Spitzbuben?

Verwirrt blickten die Schüler auf Zündel. Sie wunderten sich weniger über seine Frage, die sie der Satzkonstruktion wegen nicht auf Anhieb verstehen konnten, als über den Ausdruck »Saal«, befand man sich doch im kleinsten Zimmer des Hauses.

Na? fragte Zündel.

Da hob einer den Arm und sagte: Würden Sie die Frage vielleicht wiederholen?

Zündel überlegte lange und antwortete dann: Nein, das ist mir zu beschwerlich. Auch habe ich keine eigentliche Frage gestellt. Aber eines sage ich euch: Seid wachsam! Hütet euch vor der Verbrüderung mit der Realität! Sobald ihr, sei es aus Anlehnungsbedürfnis, sei es aus Laufbahngeilheit, den Pakt mit ihr geschlossen habt, seid ihr des Teufels. Und wißt ihr, warum? Das Reale war anfangs identisch mit dem Göttlichen. Aber die Geschichte der Welt ist die Geschichte einer Zerfleischung. Und heute hockt Satan auf dem hintersten und letzten Zipfel der Wirklichkeit. Und damit ist diese Wirklichkeit identisch geworden mit dem Diabolischen! – Wie sieht denn ein moderner Lebenslauf aus? Abstoßend. Abstoßend und dreiaktig. Dreiaktig wie eine Komödie. Erster Akt: Auflehnung gegen das Seiende, also Böse. Zweiter Akt: Anpassung an das Seiende, also Böse. Dritter Akt: Bejahung des Seienden, also Bösen. – Aber fremd ist euch die Sprache der Wahrheit. Anders habt ihr's gelernt, nämlich so: Erster Akt: Pubertärer Idealismus. Zweiter Akt: Reife. Dritter Akt: Vollreife, Weisheit, Abgeklärtheit. So und nicht anders habt ihr's gelernt, und darum gibt es für euch nichts Erstrebenswerteres als den Intimverkehr mit dem Realen, das aber heißt: mit dem Teuflischen. Da sitzt ihr jahrelang in diesen Bänken und glotzt in die trostlosen Fratzen bornierter Dompteure und hört euch den feuchten Schwachsinn an, der ihnen unablässig von den Lippen tropft! Merkt ihr nicht, daß eure sämtlichen Erzieher, wozu ich auch eure Eltern rechne, daß sie alle nichts anderes als tückische Kuppler und Zuhälter sind, die euch ums Verrecken in die Arme der Wirklichkeit treiben wollen? Und wißt ihr, auf welch simple Weise sie das erreichen? – Sie machen euch Angst! Sie machen euch Angst mit Befehlen, Geboten, Verboten, mit Noten, Strafen, Bloßstellungen, mit Zwang, Druck, Drohung und Liebesentzug. Erziehung ist pausenlose, berechnende, ideenreiche Angsterzeugung, und wer das leugnet, ist ein korrupter Schuft und gehört mit glühenden Zangen gekniffen! – Was aber macht man als Betroffener mit seinen Dauerängsten? – Es gibt nur einen Weg, nur eine Methode, sie loszuwerden: die Unterwerfung, die Anpassung, die Identifikation mit den Peinigern, das jauchzende Ja zur eigenen Verstümmelung, den Zungenkuß mit dem Status quo, die demonstrative Begattung mit der Wirklichkeit! – Ich will es noch eine Spur deutlicher sagen, schreibt euch das ruhig hinter eure Öhrchen: Das Bestehende sehnt sich danach, von euch gefickt zu werden, und eure Erzieher sehnen sich danach, euch dabei zuzuschauen. Und je routinierter ihr euch anstellt, umso entspannter, umso wohlwollender, umso strahlender wird ihre Miene. – So ist das. So und nicht anders. – Und damit hat unsere Lektion ein natürliches Ende gefunden, und knechtisch wär's, das Klingelzeichen abzuwarten!

Zündel wollte das Zimmer verlassen, griff aber einige Male an der Klinke vorbei.

Er drehte sich wieder um zur Klasse, die stumm und geduckt dasaß, und sagte tonlos: Man will mich einschließen. Bedenkt den Doppelsinn!

Dann wankte er zum Pult zurück, setzte sich und schrieb ins Klassenbuch: Alles okay!

Sein Gesicht wurde fahl, die Züge schärfer, plötzlich erbrach er sich. Er versuchte noch einmal aufzustehen, wahrscheinlich, um zum Lavabo zu laufen, stemmte seinen Körper mit Hilfe der Arme etwas hoch, lächelte, sagte zweimal »hoppla!« und brach zusammen.

23

Zwei Tage lang lag er im Spital, unansprechbar, starr, aber fast immer mit geöffneten Augen.

Die Ergebnisse der üblichen elektrodiagnostischen Verfahren waren nur insofern beunruhigend, als sie keinerlei Anhaltspunkte für eine benennbare Störung lieferten. Die Blutsenkung war normal, der Urin unauffällig, die Körpertemperatur im Rahmen. Stuhl hatte er keinen. Die leichte Unterernährung durfte kaum als hinreichender Grund für seinen Zustand gelten, und von einer vorerst vermuteten chronischen Alkoholvergiftung konnte nicht die Rede sein.

Schwestern und Ärzte sprachen ihn immer wieder an, stellten ihm Fragen, doch blieb er still.

Magda war täglich bei ihm, er schaute durch sie hindurch, ohne Ausdruck. Auch seine Mutter übersah er.

Auch mich nahm er nicht zur Kenntnis.

Man ernährte ihn künstlich.

Große Chefvisite am Morgen des dritten Tages. Ein Troß von etwa zwölf Medizinern, vom Chef bis zum Unterassistenten, scharte sich um Zündels Bett.

Darf ich Sie bitten! sagte der Chefarzt zu Assistenzarzt Dr. Hunkeler. Dr. Hunkeler stellte den Fall langatmig, aber äußerst selbstsicher vor. Unter anderem bemerkte er, der Patient könne zwar nicht sprechen, doch scheine sein Gehör intakt zu sein. Hier unterbrach der Chef den Assistenten: Was heißt das: ›scheint intakt zu sein‹? Ist es intakt oder ist es nicht intakt? – Hunkeler kratzte sich am Hals. Da blickte Zündel ihn an und sagte freundlich: Salü Rölfli!

Der ganze Troß zuckte zusammen, sei es wegen des unerwarteten Wiedereintritts von Zündels Sprechvermögen, sei es, weil fast alle wußten, daß Hunkeler tatsächlich den Vornamen Rolf trug.

Dr. Hunkeler, jetzt vollends aus der Fassung gebracht, fragte stotternd: Kennen Sie mich?

Und in die große Stille hinein sprach Zündel: Ei, der Rölfli, der hat nämlich immer in die Hosen geseicht!

Oberschwester Gertrud, im Hintergrund stehend, brachte ihr Taschentuch nicht mehr rechtzeitig an den Mund und quäkte los.

Eine Sekunde später war das gesamte Gremium überwältigt und schüttelte sich hemmungslos.

Zündel aber wurde am folgenden Tag in eine psychiatrische Klinik überwiesen.

PSYCHIATER: Sie sind also Herr Zündel?
ZÜNDEL: Bestellt.
PSYCHIATER: Was ist bestellt?
ZÜNDEL: Überhaupt.
PSYCHIATER: Herr Zündel, wir wollen Ihnen helfen!

ZÜNDEL: Selber.

PSYCHIATER: Sie möchten sich selbst helfen?

ZÜNDEL: Fersengeld.

PSYCHIATER: Wir wollen jetzt ein bißchen Geduld haben, nicht wahr, Herr Zündel!

ZÜNDEL: Treue ist besser.

PSYCHIATER: Herr Zündel, hören Sie ab und zu Stimmen?

ZÜNDEL: Treue ist besser.

PSYCHIATER: Besser als was?

ZÜNDEL: Knickerbocker.

PSYCHIATER: Hören Sie Stimmen, Herr Zündel? Spricht jemand zu Ihnen, den Sie mit den Augen nicht sehen?

ZÜNDEL: Wird gesehen!

PSYCHIATER: Wer denn, Herr Zündel?

ZÜNDEL: Der Dritte der Äußeren.

PSYCHIATER: Versuchen Sie mir das zu erklären.

ZÜNDEL: Barfüßer. Wüstendemut.

PSYCHIATER: Herr Zündel, wann ist Ihr Geburtsdatum?

ZÜNDEL: Eben. Faltig.

PSYCHIATER: Wer oder was ist faltig?

ZÜNDEL: Nicht registriert.

PSYCHIATER: So, hm hm.

ZÜNDEL: Ja ja, abwärts.

PSYCHIATER: Hm.

ZÜNDEL: Bucklig.

PSYCHIATER: Ja?

ZÜNDEL: Abgesättigt.

PSYCHIATER:	Ja?
ZÜNDEL:	Obere Heimat.
PSYCHIATER:	Reden Sie ruhig!
ZÜNDEL:	Psst!
PSYCHIATER:	Hören Sie etwas?
ZÜNDEL:	Psst!

Doktor Läderach schlug Schizophrenie vor.

Doktor Hasler plädierte für einen depressiven Stupor.

Man einigte sich auf abwartendes Beobachten.

24

Ich besuchte ihn am 8. August, einem regnerischen Samstag. Er schien mich zu kennen, denn als ich eintrat in sein Zimmer, sagte er: Predigt? – Ja, morgen! sagte ich. – Die Lämmer, flüsterte er, Obacht geben! – Ja Konrad, sagte ich gerührt.

Dann schwiegen wir lange.

Wie geht's dir denn? fragte ich schließlich.

Er sagte stockend: Die Krallen wollen nicht wachsen.

Wart's ab, sagte ich, laß dich nicht unterkriegen!

Bitte, sagte er, dank mich bitte ab, besser jetzt als im Tiefschnee.

Zuerst wird gelebt, lieber Konrad, antwortete ich, über die Abdankung können wir in einigen Jahrzehnten wieder reden!

Er fragte: Und die Kummerdisteln?

Die wachsen in jedem Garten, sagte ich.

Und die Wölfe?

Sind auch Geschöpfe Gottes!

Amen! schrie er.

Ich runzelte die Stirn.

Er sagte: Versenken, mit Wackersteinen füllen und versenken, im Marianen-Graben, dort wo das Meer am tiefsten ist.

Du, sagte ich nach einer Weile, ich muß dir noch etwas Unangenehmes ausrichten, Magda wird dich in den nächsten Tagen nicht besuchen können. Sie hatte wahnsinnige Bauchschmerzen letzte Nacht und wurde heute morgen vom Hausarzt ins Spital gebracht. Blinddarm. Sie ist bereits operiert und läßt dir durch mich die liebsten Grüße schicken. Es geht ihr gut. Soll ich ihr etwas ausrichten von dir?

Konrad saß da, als hätte er nichts gehört. Schließlich sagte er: Wer's glaubt, wird selig.

Wer was glaubt? fragte ich.

Er antwortete nicht, schien mich gar nicht mehr wahrzunehmen. Sein Gesicht wirkte zart und durchsichtig, fast totenhaft.

Ich überließ ihn seiner Versunkenheit und zog mich zurück.

Am Sonntagmorgen besuchte ihn der Schulleiter.

Nimm dir ruhig Zeit zum Gesundwerden! sagte er zu Zündel.

Ersetzt? fragte Konrad.

Ja, antwortete der Rektor, wir haben einen Stellvertreter für dich gefunden.

Straff, so straff seid ihr! sagte Zündel.

Ach weißt du, oft trügt der Schein, meinte der Rektor.

Selten, sagte Zündel, und was steht auf dem Zettel?

Auf welchem Zettel?

Auf dem Zettel am Anschlagbrett, was steht da, was steht da über mich?

»Bis auf weiteres abwesend«, antwortete der Rektor.

Soso! rief Zündel, und seine Augen flackerten.

Am Montag kam Mutter Johanna.

Als sie eintrat, sagte Konrad: Hinaus mit Lilith!

Bub, mein lieber, sagte Johanna weinend.

Zündel floh in eine Ecke des Zimmers und flüsterte: Falsche Madonna, legst dich einfach unter diesen schwarzgalligen Vagabunden, und ich muß es ausfressen, und ich muß es ausfressen, mich quetscht man im dicksten Januar schamlos aus dem Bauch.

Konrad, Konrad! rief Johanna, aber er wurde wieder ganz blaß und sprach kein Wort mehr.

Am Dienstag erschien er nicht zum Abendessen.

Sein Zimmer war leer.

In den Gemeinschaftsräumen suchte man vergebens.

Mitpatienten sagten aus, sie hätten ihn am Nachmittag stundenlang auf einer Bank im Park sitzen sehen, er habe – trotz der großen Hitze – eine wollene, blaurot gestreifte Zipfelmütze getragen. Der verantwortliche Assistenzarzt wurde vom Chef zuerst mündlich, zwei Tage später auch schriftlich gerügt.

Ebenso der Portier.

Man benachrichtigte Magda. Vom Krankenbett aus erließ sie das Verbot, Zündel polizeilich oder gar per Radio suchen zu lassen. Ob sie ihren Mann an einem bestimmten Ort vermute?

Sie halte es für möglich, daß er sich in ein Wochenendhaus in der Nähe von Hinwil zurückgezogen habe. Es gehöre seinem Kollegen Oswald

Scholl, der ihm, Konrad, schon vor Jahren einen Schlüssel dazu geschenkt habe.

Ob man ihren Mann dort abholen dürfe?

Man könne es versuchen, aber sie bitte inständig um Sanftheit, man solle ihn keinesfalls gewaltsam zur Rückkehr bewegen.

Am frühen Mittwochmorgen zogen – in Scholls Begleitung – zwei stämmige Anstaltspfleger los, um Zündel einzufangen. Sie ließen ihr Auto auf einer Waldwiese stehen und legten die restlichen sechs- oder siebenhundert Meter zu Fuß zurück.

Die Läden des Holzhäuschens waren tatsächlich geöffnet. Auch ein Fenster im Erdgeschoß stand offen.

Er sang.

Er sang: Marmor, Stein und Eisen bricht,
aber unsere Liebe nicht.
Marmor, Stein und Eisen bricht,
aber unsere Liebe nicht …

Bevor Oswald es verhindern konnte, schlug einer der Pfleger mit der Faust an die Türe und schrie: Aufmachen, Polizei!

Sie verdammter Idiot, sind Sie verrückt? zischte Scholl.

Dann krachte ein Schuß.

Der brutale Pfleger machte vor Schreck einen Luftsprung.

Der andere warf sich zu Boden.

Im Fenster stand Zündel. Sein Gesicht war verzerrt, in der stark zitternden Hand hielt er eine Pistole.

Weg weg weg, ich habe Weisung, das Feuer zu eröffnen! sagte er mit knarrender Stimme.

Konrad, sei doch vernünftig, wir wollen dein Bestes, stammelte Oswald, während sich die beiden Pfleger nach einer Deckung umsahen. Zündel sagte: Auf die Vernunft muß geschissen werden, weg, sofort weg jetzt!

Die drei Besucher zauderten, da hob Zündel abermals die Pistole und gab einen zweiten Schuß ab. Die Kugel schlug durchs Geäst. Stücke eines dürren Föhrenzweigs rieselten auf die Köpfe der Eindringlinge.

Die Pfleger stoben davon.

Noch einmal schaute Oswald unsicher und ungläubig auf Konrad und sagte: Verzeih diese entsetzliche Störung, ich geh jetzt auch, mach's gut, paß auf dich auf!

Schon recht, sagte Zündel und schloß das Fenster.

(Die Herkunft der Pistole, einer 9-mm-Parabellum der Firma Smith & Wesson, ist bis heute so wenig geklärt wie die Herkunft der Zipfelmütze.)

Magda blieb dabei: Keine Gewaltanwendung! – Der Chefarzt hatte Verständnis, aber einen schweren Stand gegenüber der Polizei. Diese war durch Mosimann, den groben Oberpfleger, eigenmächtig informiert worden, und es ist ein Glück, daß sie ihrerseits, ehe sie etwas unternahm, Kontakt mit dem Chefarzt der Klinik aufgenommen hatte.

Man akzeptierte schließlich Magdas Vorschlag, mich als Freund und Vermittler zu Konrad zu schikken.

Dich nimmt er an, sagte Magda am Telefon, dir tut er nichts, bitte kümmere dich um ihn, ich selbst bin noch zu schwach dazu.

Da Oswald, den ich durch Konrad flüchtig kannte, an diesem Mittwochnachmittag nicht abkömmlich war, führte mich seine ebenfalls ortskundige Frau nach Hinwil und von dort in die Nähe des Waldhauses, dessen Standort sie mir genau erklärte. Sie wolle beim Auto warten.

Herr Pfarrer, sagte sie, Konrad war mir nie ganz geheuer, sicher ein lieber Mensch, aber irgendwie igelig, irgendwie unzugänglich, seien Sie vorsichtig, mein Mann hält ihn – momentan zumindest – für unberechenbar!

Ja, Frau Scholl, antwortete ich, aber er wird mir nichts antun, wir kennen uns seit bald zwanzig Jahren, er spürt mit Bestimmtheit, wie gern ich ihn habe.

Oswald sprach von Persönlichkeitsveränderung, entgegnete schüchtern Frau Scholl.

Ich kann nicht recht daran glauben, sagte ich, wir werden ja sehen.

Auch ich hörte ihn schon von weitem singen, und ich wunderte mich über seine starke, klare Stimme.

Er sang: Lasset dem Höchsten ein Danklied erschallen
für sein Erbarmen und ewige Treu …

Nach »Treu« pausierte er kurz und begann von vorn. Ich stellte mich neben das Fenster. Nach einer Weile brach er den Singsang ab. Er sagte laut: Eines Tages wird der alte Schafseckel noch fromm!

Ich trat vor das offene Fenster und sprach in den dunklen Raum hinein: Das würde mich freuen, Konrad.

Jetzt erst, als er von der Eckbank, auf der er gelegen hatte, aufsprang, sah ich ihn. Er trug die Zipfelmütze und eine knielange Wolljacke.

Zurück! schrie er gellend und griff nach der Pistole auf dem Tisch.

Ich bin's, sagte ich so ruhig ich konnte, ich bin's, wirst doch deinen Viktor noch kennen.

Scharf sagte er: Gekannt wird niemand, zurück, ich habe Schießbefehl.

Die Waffe war direkt auf mich gerichtet.

Ich hatte Angst. Seine Augen blickten fremd.

Ich sagte: Der Schießbefehl gilt nur für deine Feinde, mich wirst du doch nicht wie einen räudigen Hund verjagen wollen.

Da schrie Konrad in einer furchtbaren Lautstärke: Laßt mich in Ruhe! Laßt mich!

Dann wandte er sich ab, legte die Pistole auf den Tisch und stand gebeugt und zitternd da.

Frierst du? fragte ich.

Jaja, natürlich, flüsterte er.

Komm, wir trinken eins, sagte ich, ich hab einen

Walliser mitgebracht, weißt du, den 76er Pinot noir, magst du?

Ich nahm die Flasche aus meiner Mappe und stellte sie auf das Fensterbrett.

Sind sie schwer verwundet? fragte er.

Wer?

Die Polizisten, sie wollten mich fangen!

Kannst denken, beruhigte ich ihn, das waren zwei Pfleger aus der Klinik, und beide sind quicklebendig.

Er sagte: Diese verfluchten Tollhäusler.

Ich trat ins Stübchen und setzte mich auf einen Hocker. – Konrad, sagte ich, es ist keine Phrase: man will wirklich dein Bestes.

Im Wirtshaus, sagte er, im Wirtshaus hab ich einen reden gehört, am Nebentisch, einen Mann, so um die Sechzig, einen Stumpenmann, einen Hosenträgermann mit einem großen viereckigen Schweizergrind. Und die Kumpanen sahen aus wie er und haben ihm zugestimmt!

Was hat er denn gesagt? fragte ich nach einer langen Pause.

Er hat gesagt, er sei seinem seligen Vater noch heute dankbar dafür, daß er ihm dreimal pro Woche mit einem Kuhschwanz den nackten Hintern blau geschlagen habe.

Na ja, sagte ich.

Na ja, sagte er, die Perversen hocken im Wirtshaus, und mich will man versorgen.

Man will dich pflegen, erwiderte ich.

Hoho, sagte er.

Nimmst du ein Gläschen? fragte ich ihn.

Geh jetzt bitte, sagte er, ich stehe unter Sprechverbot.

Was hast du vor, Konrad?

Wüste oder Dschungel oder Meer oder Himmel, antwortete er.

Es waren die letzten Worte, die ich aus seinem Munde hörte.

Ich sagte: Gut, ich geh jetzt, und ich werde dafür sorgen, daß dich hier niemand behelligt, weder Polizei noch Klinik.

Keine Antwort.

Magda läßt dich von Herzen grüßen, sie kommt dich besuchen, sobald sie kann, wahrscheinlich schon morgen.

Keine Antwort.

Oder möchtest du für ein paar Tage zu mir kommen? Du wärest völlig frei, und Vroni würde sich freuen!

Kopfschütteln.

Ich zeigte auf die Pistole und fragte: Darf ich das da mitnehmen?

Er reagierte nicht.

Zögernd griff ich nach der Waffe und legte sie in die Mappe.

Er schaute mir zu, ohne sich zu wehren.

Also, sagte ich, leb wohl, Konrad, gib nicht auf, wir mögen dich, wir brauchen dich. Und denk dran: du bist mir und Vroni bei jeder Tages- und Nachtzeit willkommen. – Er sah mich an. Ich faßte ihn um die Schultern. Ich ging.

Als sich Magda anderntags (Donnerstagabend, 13. 8.) auf zittrigen Beinen dem Häuschen näherte – Oswald hätte ihr gern seinen Arm angeboten, mußte aber im Auto warten –, sang Konrad nicht. Tür und Fenster standen offen, Magdas schwaches Rufen blieb ohne Echo.

Sie spürte sofort, daß er weg war.

In der Küche fand sie die Zipfelmütze, auf einem Fetzen Papier stand: Bis auf weiteres abwesend.

Nach vier Tagen des Wartens sah Magda ein, daß sie sich gegen den üblichen Gang der Dinge nicht länger sträuben konnte: Am 18. 8. verlas das Radio die Vermißtmeldung, am 19. 8. wurde Interpol eingeschaltet.

Mitte September schrieb Hans Fischer aus Vancouver an Johanna Zündel, Konrad habe ihm ein »umfängliches Zeichen« geschickt, und zwar aus Genua, Poststempel 15. 8. – Es handle sich um einen »trapezförmigen Gipsklumpen« sowie um »allerlei Schriftstücke«, die Zeugnis ablegten von »allerlei Widerfahrnissen und Tendenzen des abgängigen Sohnes«.

Dies blieb die einzige Spur.